おかげさま　目次

中学、高校時代　29

大学時代　51

教え　211

はじめに

平成29年4月に85歳になった。

振り返ってみると、この85年、奇跡の連続であった。

そして、その奇跡をつなぎ合わせたのが私の人生である。ドラマチックで、波乱万丈と言おうか、実にスリリングな人生のような気がする。


まずは、母の「ジヤウ」という弟が早逝し、もう1人の16歳年下の弟がまだ小さかったことから私の父、「細野七夫」を母の実家に迎えて、私が生まれたということが私の第一の奇跡であり、ドラマの初めである。

私の姉は、満1歳を待たずに早逝してしまった。

そこで母は、今度生まれてくる子は自分の身に替えて強い子が生まれますようにと、近くの寺の観音様にお願いして針を飲んだという。

その後に生まれた私は、右手にしっかりと母の飲み込んだ針を握りしめて生まれてきたそうだ。

だから、私の右の中指の爪は生まれたときから、握った針の影響で黒く変形している。

母がいつも、

「私の飲んだ針を、どうして生まれてきた子が握ってきたか不思議でならない」と言っていたことを覚えている。

そのおかげか、私は絶体絶命のピンチにも不思議と助けられてきたような気がする。もしあの人が助けてくれなかったらという3回の出来事を始め、戦時中も、敵の艦載機の機銃掃射がほんの1メートル違っていたら、ハチの巣になっていたところだった。

また、ピンチの時に思わぬ助け舟もあり、卒業目前になって内定取り消しになるも、思いもかけず警察官として就職できた。規律正しい中に、便所掃除から仕込んでいただけたこと、人の裏側を見せていただけたことなどなどが、後の人生にどれだけ役に立ったことか。恨み骨髄と思った上司のおかげで退職を思い立ち、結局この人のおかげで今がある。

人生とは不思議なものである。

第一線を離れた現在は、謙虚に過去を振り返り、未来を思いつつ、奉仕の気持ちで日々勤めさせて頂きたいと思っている。

父母について

「はじめに」で書いたように、第一の奇跡は、母のジヤウという弟が早逝したことから始まる。このジヤウというのは名前で、ジョウと読む。昔は漢字や仮名遣いが異なっていたので、ジヤウと書いてジョウと読んでいた。

その後、16歳下の弟が生まれた。

弟が小さいので、私はおふくろの弟である、叔父と一緒に育てられた。

旧姓細野七夫というのが、私の親父であり、養子で家に入った。そして、私が生まれたわけだ。この家に生まれたのが運のつきだなと思うが、本当に、ドラマにもこんな複雑な家はないと思うぐらいの家だった。

幼少期

本家の事情と同居

考えてみたら、本当に私の人生はトラブルばかりだった。

最初に思い出すのが、子どもの頃、うちが火事になったことである。私は昭和7年に生まれたのだが、火事になったのは昭和11年でまだ4歳だったので、実はうろ覚えだ。

その時実家は呉服屋をやっていて、ある晩に火事が出て全焼した上、隣のうちも燃えてしまった。親父は養子で家に入って、百姓をしていてうだつが上がらなかったが、呉服屋が火事になってしまったので、母の本家へ戻ることになった。

本家には母の母親と大おばあさんと、それからおじいさんと、私と5つ違いの叔父さんが一緒に住んでいた。叔父さんというのは母親の弟で、母とはずいぶん年が違う。

そこでしばらく百姓をやっていたけれども、儲からないので縫製業を始めた。それが、ミシン縫製の高木縫製所である。

結局、今現在、本家はなくなってしまっている。

保育園

その頃のことで思い出すことがある。

農閑期にはお寺で保育園をやっており、私も通っていたのだが、その保育園に両手がない女の子がいた。家から弁当を持ってきて、手がなくても足で開いて、足で全部食べてまた包んでいた。足で全部やってしまうのだ。その子は絵が本当に素晴らしく上手かった。後に絵描きになったほどである。

ただ、イチゴだけは採れなかった。彼女が野イチゴを食べたがったので、私は保育園を抜け出して、野イチゴを採りに行った。

保育園では私がいなくなったと大騒ぎになっていたらしい。連絡を受けた家にも帰って来ていないので、親がおかしいと思って工場から外を見ていたところ、私がその女の子のために一生懸命、野イチゴを採っているのが見えた。イチゴも食べられないなんてとにかく気の毒だ、と野イチゴを採っていたのだ。

子どもの頃からなぜか私はこんな風なのである。その後、その子は結婚して子どももできて、東京へ行ったので、本当に良かった。

5つ違いの叔父

ジョウという弟が早逝して、母は、おばあさんと大おばあさんと両方の面倒を見ながら、私と5つ違いの叔父を育てたのだが、とにかく叔父さんが、とんでもないわがままなやつだった。

それで私の母が叔父のいたずらを怒ると、今度は大おばあさんが私の母を叱りだすようになった。

叔父は私にいじわるばっかりして、私よりもいいものを買ってもらえるくせに、悪いことをしても怒られず、怒られるのは私ばかりだった。

2つ違いの私の弟は病身だったので大事にされ、叔父も大事にされて、私だけ違うので、隣の家のおばさんの所に行って、

「おばさん、僕は継子かな?」と訊いたことがある。

すると、うちの母親がそのおばさんから、

「あんた、自分の子に『僕は継子か?』なんて、ばかなこと言わせるんじゃないよ」と叱られたという理由で、また私が母から叱られた。

そんな少年時代だった。

ミシン縫製の開業（高木縫製所）

私が4歳何カ月かの時に、寝たきりだったおばあさんが亡くなった。するとおじいさんは後妻をもらって、この5つ違いの叔父さんを置いて名古屋に出てパチンコ屋を始めてしまった。つまり、母のおばあさん（私にとっては大おばあさん）と、私の叔父（私は「兄さん」と呼んでいた）と、私と、それから私の父と、私と2つ違いの弟が残った。

そこで「とにかくミシン屋を始めてみよう」ということになった。火事を出した後なので、オール借金で始めることになり、両親はかなり苦労した。

もう金はない、そして従業員はいるのに、食わせる米もなかった。米1升が1日分で、その米を炊くのに草を刈ってくるのだが、

「雨の日に、刈ってきた生の草を燃やしてご飯を炊くことほど、辛かったことはない」

と母は言っていた。この辺は山なので、普段は近所で草を刈ってきて、それを干しておいて燃すのだが、間に合わずに生のまま燃やしたこともあったらしい。

そうやって苦労して何とかやっていたのだが、ある日、おじいさんが経営していたパチンコ屋がうまくいかなくて、後妻と一緒に帰ってきた。

すると今度は私たちが邪魔になって、後妻が私の母をいじめるようになった。

「あれがうちのものをみんな持っていってしまう」と母のことを泥棒呼ばわりした。これでは仕方がないので、追い出されるような形で100メートルぐらい離れた所の田んぼを買って、そこに家を建てて工場を作った。

すると、今度は戦争が始まり、疎開が始まった。何で私の家でおじいさんの弟の子どもを預からなければならないのか不思議だった。本来なら本家へ行けばいいのに、後妻がいるので嫌だ、と言ってうちへ預けられたわけだった。

私は百姓をやりながら、おかしなことだなあと思っていた。

大怪我（自転車事故）

そう言えば、子どもの頃、自転車に乗っていた時の思い出がある。

まだ就学前に自転車を習い始めたところ、上手に乗れなくて曲がり角で曲がりきれずに田んぼに頭から突っ込んでしまった。おぼれて窒息しかかったその時、たまたま、親戚のおじさんが通りかかって、急いで拾い上げてくれたが、あれがもう少し遅かったら命がなかったと思う。

そのおじさんは、田んぼから私を引っこ抜いて、泥だらけだったので近所の水場で洗っ

てくれて、泣いている私をうちへ連れて帰ってくれた。そして私の母に、

「おジヤウ（彼は母のことを、そう呼んでいた）、子どもを叱るんじゃないぞ」と言って、

「どうした」と問う母に、

「田んぼの中に頭から突っ込んでいたのを、引きずり出してきた」と答えた。

本当に死ぬ寸前だったけれども、奇跡的に親戚のおじさんが通りかかって命拾いをした。

その後もあちこちで怪我をして、今でも手足に子供の頃の傷の痕が残っている。

だが、子供心に父母の苦労を見ていて、早く大きくなって両親を助けたい、自分のパンツくらいは自分で作るわ、と思っていた。

小学生時代

昭和14年4月高岡村竹小学校入学と母の病気

このころから曾祖母のミチおばあさんが病気になり、初夏に亡くなったのであるが、三男の大が同年の8月17日に誕生した。母は、曾祖母の看病と出産の無理がたたって約1年寝たきりの生活となったが、父は工場で手いっぱいだったので、朝ごはんの支度と弟の世話は私の仕事であった。

親父の母親がときたま来て手伝ってくれたが、小学校1年生頃から朝早く起きて、飯炊きとみそ汁作りはずっと私がやっていた。

サイドカー付自転車

ところで、サイドカー付き自転車の話というのがある。

サイドカー付き自転車というのは、小学1年生の時に、親父が買ってくれたものである。親父は、

「名古屋にサイドカーのついた自転車があった。一番になったらな、サイドカーの付いた自転車、買ってやる」と約束してくれた。子供の私が、学校と家のことをしているご褒美に大奮発してくれたのであろう。

サイドカーというのは補助輪のことではない。自転車の隣に、もう1人乗れるカートが付いいたやつだ。

それで、

「珍しいぞ、買ってやるぞ」と親父が言うので、

「よっしゃあ」となったのだが、そう甘い話ではなく、勉強もしないといけない。だがどういうわけか、不思議と一番になってしまった。家のことに追われて勉強などしなかったけれども、学年末に「操行善良学力優等につき1等賞を授与する」という賞状、賞品をいただいた。

前にも書いたように母は病気で約1年ほど寝たり起きたりの生活であったが、私が1等賞をいただいた時は本当に喜んでくれた。

その頃は、1等賞、2等賞、3等賞といって、学年の終わりや卒業式の時に、1年から6年まで、「1年生、1等賞、誰々。2等賞、誰々。2年生、1等賞、誰々」というよ

うに、各学年で3人ずつ褒美がもらえた。家に帰って「1等賞もらったぞ」と報告すると、「それなら、自転車を買ってやらないとな」と言って、父はさっそくサイドカー付自転車を買って来てくれた。親父がどういうつもりだったのかわからないが、ちょっと珍しい自転車があったので買ってみたかったのだろうか。

すると、近所の悪坊主が、

「俺も乗せろ、俺も乗せろ」と言ってきた。こんな自転車は今まで見たこともないし、近所の遊び仲間の羨望の的だった。乗せろと言っても、私が自転車を運転して誰かを乗せるのではなくて、悪坊主が自転車に乗って、サイドカーに人を乗せるつもりだったのだ。

結局、その悪がきが運転して、私がサイドカーに乗ることになった。

だが、「俺にも乗らせろ」「俺にも」と他の悪がきどものおもちゃにされ、川へ落ちるわ、塀にぶつけるわで、自分であまり乗らないうちに壊れてしまったことは残念であった。

とにかくそのおかげで、私の成績は、1年から6年まで1等賞だった。

学級委員長

その当時は1等賞イコール級長、つまり学級委員長だった。今で言う、自治会の会長のようなもので、自動的にそうなる仕組みだった。6年になると、先生の代わりに全校生徒の集まる朝礼台に上がって、声を掛ける役目だった。そういうわけで、全校生徒は600人ぐらいいいたのだが、私はほとんどの生徒の名前を覚えていた。

どういうわけか、人の名前と数字（ナンバー）だけは、しっかり覚えられるのだ。車のナンバーや電話番号も、一度見たら忘れない。これは便利である。だから、電話帳をほとんど見たことがない。警察の時も、電話帳を見たことは一度もなかった。

だが、今はもう短縮になってしまったので、あれで駄目になったと思う。自分の携帯の番号も覚えていない人も、けっこういるらしい。

親戚のおじいさん

子どもの頃に、98歳で亡くなった親戚のおじいさんがいた。

冬に、日なたぼっこしていたので、

「おじいさん、元気でいいのう」と言ったら、

「ああ。まあ俺もな、息子が年寄りはもう田んぼに出ないでくれと言うから、やることないし、弱ったや」と言う。

「それでも、おじいさん、元気でいいじゃん」と言ったところ、
「あのな、60過ぎたら、年々、いかんようなる。70過ぎたら、月々に、いかんようになる。80過ぎたら、日に日に、いかんようになる」と言うのだ。
「それじゃおじいさん、90なったらどうだい」と言ったら、
「そうさなあ」とだけ返事をしてくれた。

今、この歳になって分かったのだが、確かに、昨日良かったからといって、今日良いとは限らない。だから、来月の予定は約束できない。現実に、先週今週と、確実に老化している。

それで、思い出せる時に思い出しておかないと駄目だなと思って、こうして本に残すことにしたのだ。子どもに聞かせたいことが多いし、特に一番大事なのは、お得意さんの問題と、金の話だ。

私は「なんでそんなに金が欲しいんだ。金なんか、丹精込めて仕事すりゃ入ってくる」といつも言っている。

大けがと遠足欠席

そうこうするうちに、戦争で統制になった。戦時中は何もかも統制といって、経済警察というやつが出てきて、何をどういうふうに仕入れているかなどをチェックしてきて、全部、統制経済になった。当時は、

「いい物ならどれだけでも入れてやる」と言っていたが、問屋が問題だった。下手にやって、統制逃れだと言われて警察に呼ばれたら困ったことになる。

その頃、この地区の一番大きなミシン工場がうちだったので、父が組合長になって、確か碧海《へきかい》郡だったと思うが、この地区で合同でミシンを集めてミシン組合を作った。

ちょうどその頃に、うちのミシン工場で、第1回目の私の「死に恥事件」が起きた。私がシャフトに巻き込まれたのである。

動力ミシンだったので、モーターからベルトで巻いて、ベルトでミシンの所へそれぞれに行くようにシャフトが出ていた。そのシャフトに体が巻き付いたせいで、一緒に回転してしまったのだ。間が狭かったので、頭や足だけでなく体中がこぶだらけになった。

その時、従業員が気付いて急いで止めてくれたのでよかったが、もしあと1分止めるのが遅かったら、私の命はなかったと思う。いまだにその時のこぶの痕があるほどである。

それが小学校の時のことだが、ちょうど遠足の前だったので、そのせいで遠足に行けなかった。

それ以外のことを思い出してみると、海洋少年団の話がある。

私が小学校6年の時に、学校代表で海洋少年団の集まりに行った。1週間の合宿だった。この地区の小学校の代表者が高浜の海員養成所に1人ずつ集まったのである。そこでハンモックを吊って寝て、朝になるとラッパが鳴って起床する、そういう訓練をした。

その後、旧制中学に入学したら、その時の代表者だったやつが同級生に何人もいた。

戦争勃発

昭和16年12月8日、大東亜戦争勃発。

働き盛りの男性が召集令状で軍隊に召集され、また今日も兵隊送り（出征される人の武運長久を祈り、氏神様でお参りしてから、軍歌をうたって電車の駅まで見送りする）といった毎日だった。

そのうち戦死された兵隊さんをお迎えすることが増えてきて、今日も遺骨迎えかと、何ともやりきれなかった。

小学校でも疎開で一気に児童数が増え、集団登校の引率では通学団の団長として、学校では級長として、ますます責任が重くなり、毎日先生に叱られることが多くなった。

空襲と登下校

はじめは勝ち戦で、勝った、勝ったと言っているうちに空襲が始まった。空襲警報発令して即下校、上級生が下級生をかばいながら走って家に帰り、警報解除を待つ、といった生活であった。

農繁期と農作業

その頃は小学校でも中学校でも、田植えや稲刈りの時期は3日の農繁期休暇があり、家の農作業を手伝ったり，出征兵士の家のお手伝い、養蚕農家の桑の木の皮むき（軍人さんや、学生の服生地にするため）などをやった。

私は小学校3年くらいから牛や馬を使って農作業を手伝っていたが、牛や馬が子供の私を見くびって、暴れたり走り出したりして手に負えず、本当に困ったことは忘れられない。田んぼの中で機械をつけたまま走り回られた時などは、どうしたらよいか困ったものであった。

疎開の同居

いよいよ戦況が悪くなり、毎日のように空襲が始まると、疎開といって都会に住む子供が親と離れて集団で、または身寄りを頼って、空襲の少ない田舎への避難が始まった。我が家へも名古屋の親戚の子が1人疎開してきた。私が小学生時代のことである。

中学、高校時代

私の17歳

先日、高校時代の同級会があった。

85歳になっているので、同級会ができるのは、私たちが最高齢とのことであった。それでも出席者は、４００中、１割の40人だった。

高校創立１００周年記念の高校誌が届き、「あの頃は……」と、いろいろ話題になった。

その中に「私の17歳」という記事のがあり、気持ちは一気に17歳にタイムスリップ。

私の17歳は実に多彩であった。

この頃の体験は、私の一生のかけがえのない財産となっている。

戦時中の入学式

終戦の年、昭和20年４月１日、愛知県立刈谷中学に入学した。

上級生は学徒動員で、生徒は新入生の1年生のみであった。

教科書は戴いたものの、授業もそこそこに、運動場を耕してサツマイモを植えての食料生産と、軍事教練（学校には配属将校といって、高齢の少尉とか大尉といった軍人が配属されていた）、銃を持っての匍匐《ほふく》前進、銃剣術の日々だった。そして「エイ、ヤア」という掛け声が小さいなどと、怒鳴られながらの毎日をすごした。

戦時中の食料事情

それと、今も思い出すのは、中学校で私の隣の席にいたM重工の重役の息子のことである。その頃は物資不足で、甘いものはおろか、食糧不足が深刻であった。

彼は疎開で来ていたのだが、毎日昼の弁当に美味しそうな団子を持ってくるので、それを眺めながら「うまそうな団子食ってるな」と思っていた。

私はサツマイモごはんや、クズ米で作った餅を焼いて持って行っていたのだが、昼には硬くなってしまう。

彼はYという名だったが、ある日硬い餅をかじりながら、

「Y、おいおまえ、いっぺん俺の弁当と交換してくれないか。団子を食わせてくれ。い

つも見ていて、そのおいしそうな団子を食べてみたい」と頼んだ。すると、

「高木、やめとけ」と言うのだ。

「そう言わんで頼む」と言うと、

「あとで後悔するぞ」と言われた。

「なんでだ？　俺はお前がうらやましくてしょうがなかったけど」と言うと、

「このまずい団子でも食べなければ生きていけないと思いつつ、お前の弁当をうらやましく思っていたんだよ」と言う。

「よし、話は決まった。交換だ」と、とにかく交換して食べてみたら、その団子の味にびっくりした。見た目と異なり本当に不味いのである。

「これはなんだ？」と訊くと、どんぐりだと言う。どんぐりの粉を固めたお団子だったのだ。まるで縄文時代のようである。悪いが、とても食えるものではなかった。

「Y、毎日こんなもの食べていたのか」と言うと、

「何にも食べなかったら生きてゆけないからなあ。だから言ったろ、これはドングリの粉で作った団子で、これでも食べられるだけありがたいんだよ。俺はお前の餅がうらやましかったよ」と言われた。

「悪かったな、気が付かなくて。俺はお前がうらやましくてしょうがなかったけど、こ

れからは弁当持ってきてやるわ」と言って、時たま持って行ってやった。

白い餅ではなくて、くず米を粉にして入れた、今ではお目にかからないようなまずい餅だったが、それでも、

「こんなうまいもんをお前は食べていたのか」と言われた。

彼にはそれから時々、野菜やサツマイモも差し入れした。

これが戦時中の食料事情である。

空襲警報中、敵艦載機に狙われる

空襲というのは、経験がないとわからないものだ。名古屋や岡崎あたりの町はみんな空襲にあったが、田舎では空襲がなかった。

ところが、空襲警報が出るようになると学校から、

「すぐ帰れ」と言われて、急いで帰った。

ある日、20機ぐらいの飛行機が編隊になって、少し離れた所を飛んでいるのを見て、

「まだ日本も飛行機がたくさんあるんだな」と思っていたら、サッと方向を変えてダカダカダカッと向かってきた。アメリカの敵機だったのだ。

道路から見ていたら、ちょうど操縦士の顔が見えた。身の危険を感じてとっさに転がり込むようにして道路脇へ飛び込んだ。すると今、歩いていた所を、タタタタタッと弾が降ってきた。少しでも遅かったら命がなかった。明らかに狙われて撃たれたのだ。

その時は、20人ぐらいの生徒が電車の駅に向かって歩いていたのだが、首を上げてそっと見たら、誰も死んでいなかった。もし、飛び込むのがあと1秒遅かったら、たぶん、全員が死んでいたと思う。

その当時の機銃は、それだけ性能が良かったのだろう。この目で見た操縦席の米兵が、未だに忘れられない。しっかりとこっちを見据え、子どもでも撃ってきたのだ。だが、考えてみると、その頃の学生帽子は戦闘帽といって軍隊みたいなやつだったので、軍人と間違えたのかもしれない。

教室の隣は高射砲隊の兵舎

ちょうどその頃、中学校の校舎に高射砲隊が駐屯していたのだが、高射砲が間に合わずに小銃で撃ったぐらい、飛行機は低空で飛んできていた。

高度は100メーター以上だったと思うが、上の方からすぐ近くまで下りてきた。

飛行機は速い。

「日本の飛行機も頑張ってるな」とのんびり構えていたら、上のほうからしゅっと来るのだ。完全に気を抜いていたら、本当に撃たれてしまっていただろう。

弾の音は、ヒューと風を切る音とチュンチュンチュンという音だった。鉄とか電柱に当たる音はチーンという音で、電線に当たるとピーンと音がする。それから石に当たるとカチーンというような何ともいえない音がした。

その時も、20機ぐらい来て、あれだけ撃たれて、1人も死ななかったのは不思議だなと思う。飛行機はあっちこっち分かれたので、自分たち側を撃ってきたのは1機だけだったが、あの時に誰か死んだという話は聞かなかった。


それから、終戦の前の日に塩田作業から帰ろうと思ったら、電車が不通だったことがあった。「どうした」と尋ねると、自宅の近くの竹村の駅の100メートルくらい手前で、電車が撃たれたとのことだった。そこでは10人ほどがお亡くなりになったとか。その時は、刈谷から知立までは来たけれど、知立で電車が止まったので、知立から歩いて帰った。

運動場を耕してのサツマイモ畑作り、水あめの作り方も習う

昭和20年に旧制中学の1年生になったのだが、戦争中だったので、学校の勉強を半日したら、あとは校庭を耕しての芋作りであった。

そんなある日、栽培したサツマイモを利用して、化学の時間に水あめの作り方を習った。美味しかったので、さっそく家へ帰って作ってみたら上手くできて、家中で甘い甘いといって食べた。塩酸を薄くしてデンプンの中に入れると水あめができるのだ。要するに、唾液と同じなのである。農家である私の家にはサツマイモがたくさんあったからありがたかった。

化学とは、うまいものを作ることだと思い、化学が大好きになった。

そこで化学クラブに入り、甘い物作りを開始した。クエン酸と重曹でサイダー、先生の指導でサッカリンを作り、そのおいしさは言うに及ばずであった。だから今でも、サイダーは大好きである。

何とかこれを商売につなげたいと思ったが、戦時中なので商売どころの騒ぎではなかった。今日の命が危なかったのである。

学徒動員の塩田作業中に終戦の詔勅を聞く

そして終戦の日を迎えたのだが、8月15日は学徒動員で塩田作業をしていた。その時に天皇陛下の玉音放送があり、お話を拝聴したが、

「よく聞こえなんだが、なんか様子がおかしいぞ」と言い合った。

そのうち誰となく、

「おい、どうも戦争負けたらしいぞ」と言い出した。

「そんな馬鹿な」と言いつつも、真夏の炎天下を寒々とした気持ちになって家路についた。

進駐軍

終戦後、ほどなく学校へアメリカの進駐軍の軍人が調査にやってきた。英語の先生が対応にあたったが、誰も話ができる先生はいなかった。

学校で習う英語は、古典のキングズイングリッシュ（英国英語）で、アメリカ人のなまった英語は通じなかったからである。

また、所有論という副読本があった。その書き出しが、「One day afternoon 」だった。この「僕は」「私は」で始まらない文章にびっくりしてしまった。

所有論なんていう難しそうなタイトルの本の書き出しが、「ある日の午後」だなんて、素晴らしいなあと思った。

おふくろには、人様に読んでもらえるような文章を書けと言われていたが、読んでもらおうと思うと、最初のつかみが大事である。ここを気にするようになって私の作文はがらっと変わり、最初の3行に何日もかかるようになった。

学制改革により高等学校に

終戦後間もなく、中学が高等学校にと制度が変更になり、中学3年で高等学校併設となった。旧学制から新学制へと移行されたのである。中学卒業と同時に高等学校1年生になり、刈谷高等女学校と合併し男女共学となった。

高校生になった時に、小学校の時に入っていた海洋少年団の訓練で行った、海員養成所の所長の娘が、また同級生だった。

そうした偶然が実に多く、本当に不思議なのである。

製パン業開業

戦争の後、うちは集落の中にあったのだが、「戦争が終わったので、山に住むか」となって、親父が知人と共同で、3町5反の広さの山を半分半分に分けて買った。1反が300坪で1町が3000坪。3000坪の3、5倍なので1万坪。つまり1万坪の山を買ったということだ。

それで、集落の中にあった自宅から今いる所へ移ることになった。

価格は1万円だったとか。1万坪で1万円というとタダのように聞こえるが、その頃の1万円というと大した金額だった。

以前に工場を豊田工機に貸した時、少し足りないので買い足そうとしたら坪23万だった。23万ということは1万坪で23億だ。

今思うと、高値の時は1坪30万でも買えなかった。今、固定資産税が非常に高くて困っているが、それぐらいの価値があるということだ。

山を買って、私と親父でまず小屋を作り、壁を塗って、その晩から住み始めた。

その時、辺りを開墾したのだが、そこに艦載機の薬莢が落ちていた。終戦の前日、名鉄の電車を狙った米軍機の薬莢《やっきょう》のようだった。

最初はここを開墾して百姓をやったが、百姓だけじゃ駄目だということで、ならば食べ物ならだいたい行けるだろうと判断し、高校1年の時パン屋を始めた。

その年の6月、それまで農協でやっていたパン屋が、突然、主任が辞めてしまったことで廃業することになり、誰かパン屋をやらないかという話が出た。

誰か適任者を探していたようで、親父が「やってみないか」というので、「やる」と答えた。私は、水あめの作り方を学校で習っていたので、何か水あめを生かしてできる商売がないかと思っていたところであった。父には、

「お前学校があるのにできるのか？　ちょっと無理ではないか」

と言われた。父は自分が学校に行きたくても行けなかったので、子供には大学に行かせたいと言っていたが、貧しい家では大学進学は難しいことはわかっていた。それで、ちょうどいいチャンス到来だと思い、家族に手伝ってもらえるなら、僕が早起きしてパンを焼きあげてから学校は行くからと両親を説得した。

「だったら話してみる」ということになり、両親も賛成してくれ、パン屋をやらせてもらえることになった。

農協でパンの主任をしていた方に作り方を3日間教えていただいただけで、パン屋を開業した。装置一式は、家屋敷を担保にして用意したが、当時としては大金の25万だった。

時に、昭和23年、私は高校1年であった。

この日から、午前零時に起床してパン生地つくりと醗酵、午前4時に家族を起こし皆でパンを丸め始めるまでの間に予習、復習をした。生地を丸めながら焼き上げて、午前7時に、30分に1本の名鉄三河線に乗って通学をしていた。

焼き上がりがちょっと遅れると30分遅刻して、身を小さくして教室へ入った。

授業が終わると、家へ飛んで帰り、パンを自転車に載せて行商をした。

「ごめんください、パン屋です」

と言って、1軒1軒売りに歩いた。

この時に、いかにしたら買っていただけるかということ、更に、玄関の前に立った時に、この家で今日買っていただけるか否か、直感でわかるようになった。頑張っても、売れない時は売れない。子供が泣いているような状況だったら、パンをあげることもあった。そうすると、その次に行った時は、「このあいだはありがとう」と買ってもらえる。

この直感は、警察官になった時にも、工場を始めて仕事探しの営業をした時にも、非常に役立った。

警察の時には家の玄関先に立つと、その家庭のおおよその状況が分かったし、工場を始めて仕事を探していた時、訪問先の工場の入り口で、そこの経営状態が判断できた。

その結果、焦げ付きは1軒もなく、取引中に倒産したのも1軒もない。取引をやめて3〜4カ月後に倒産した会社が2軒あったが、全額集金済であった。

これは後述するが、会社を訪問した時、会社の従業員の意識について、訪問先の社長さんと話し合ったことがある。


そうこうするうちに、だんだん大手のパン屋ができてくると、われわれ零細企業はとても勝ち目がないと思い、この地域がどうなるかなど、先のことを色々と考えた。

小学校では家のことを考え、中学ではこの地域のことを考え、それから高校後半から大学にかけては県のことを思っていた。次は国を思い、世界での日本のことを考えるべきだろうと思った。そして、やはり日本全体のことを考えるには、ここでは駄目だ、何とか東京か大阪に出ようと考えた。

パン屋を始めた時に水あめの作り方を覚えていたけれど、化学クラブに入ってからは甘いサッカリンの作り方を教えてもらった。そのおかげで、あそこのパンは甘いぞと評判になったが、それは最大限、知識を生かした結果である。

そこで、更に知識を得ようと、理科系の物理か化学の関係に行きたいと思い、高校で進路の希望を出した。

母の言葉と弁論部

母が、

「パン屋で人に買ってもらうための知識はあるのだろうが、人の前で顔を赤らめて一言も喋れないようでは困るから、とにかく人の前で話ができるようにしなさい」と言った。人の前でお話するのはまた違うと。

そういうことなら、と弁論部に入った。そして、全国大会にも出たけれど、その頃の私にとっては、優勝するとかそんなことはどうでもよくて、台に上がればよかった。最初の時は、台に上がっただけで緊張して足が震え、もうしゃべるどころの騒ぎではなかった。けれど、そのうちにだんだん慣れてきて、原稿なしでもしゃべれるようになった。

その頃、尾張一宮に、前に総理大臣になられた海部俊樹氏がいて、スピーチが素晴らしく、彼が出てくると賞を全部さらっていった。海部の前に海部なし、海部の後に海部なしというくらいに上手かった。海部氏は中央大学に行って、中央の専門部法科を出て早稲田に行った。慶応に行った山本タクヤという学生が岡崎にいたが、彼も上手かった。

そんなわけで入賞なんてとても無理だったが、私はとにかく人の前で話ができればよかった。人を見て、今日はこのテーマで、と考えて、ちょっとだれてきたなと思ったら休憩を入れて、というのを、パン屋の営業をしながらやっていた。パン屋をやりながらスピーチの練習もやっていたのだった。

弁論のために、他にも、茶道（裏千家）や華道（池ノ坊）でも、歩き方やさまざまなお作法を学んだ。

商売の極意

「ごめんください。パン買ってくださいさい」と団地にパンを売りに行くと、「僕なぁ、うちなんか来とっちゃ駄目。あそこのおばさん所、先行け」と教えてくれる人がいた。どこにでもいる、よくしゃべる放送局のような人がいたのだ。

「あそこのおばさんの所に先に行って、よろしくお願いしてみろ」と言うので、

「そうかなあ」と思いながら、教えてもらった所に行くと、

「僕、よう来たなあ」と対応してくれた。

「幾つだ」と訊かれて、

「高校1年です」と答えると、

「そうか、1年か。よし」と他の皆に声をかけてくれるのだ。なるほどな、と思った。

これも親父の教えだったのだ。そういう地域のまとめ役というか、放送局の所に行くというか、こういう売り方があるのか、と思った。この商売のやり方は、警察官になってもたいへん役に立った。


パンを放送局で広めてもらったのと警察官の仕事というのは、一見つながらないように思えるが、放送局というのはいろんな使い道があるのである。PRする時にも使えるが、逆に、このタイミングでこいつを押さえたら、そこで口コミがストップするということが分かる。押さえるほうにも使えるのである。

とにかく高校1年生で、パン屋をやったのが一番儲かったたし、ためになった。

今、考えてみると、うちだけでやっていたから、その当時の25万、今の金だと1億く

らいを1年で販売したのだ。売上が1日2000円以上だった。その当時にしてはすごい金額である。

パンが、1個10円だったので、2000円ということは、毎日200個売っていた。寝ないで作った。高校生で、それだけお金があるというのは、普通はそうそうない。

麦はうちの畑で作った。百姓は、小麦とか米を持ってきて「これでパンと換えてくれ」と言ってきた。

その当時、3、4キロの米、小麦が1円だったが、サツマイモのイモせんべいを作ると、それが300円で売れた。うちでイモ作って加工すると、こんなに差が出る。1円が、300円になる、すごい世界である。

それで1年半で、25万の借金を返済してしまった。そして60万を持って、これだけあれば大学4年間行けると思ったら、インフレになって1年でパーになってしまった。

そのパン屋さんのタイミングは、ものすごく良かったのである。

遅刻の常習犯

パン屋をやっていることは学校に言ってなかったので、

「毎日毎日、ほとんど遅刻とはどういうことだ」と先生に注意された。

あいつはそう悪いことをするやつではなさそうだけれど、これだけ遅刻が多いとはいったいどういうことだ、と話題になって、

「退校させるべきか」と3回、職員会議にかけられたそうだ。

仕方がないので様子を見に行くか、と担任の先生が家に見に来たら、親父が青い法被を着てパンを焼いていた。いったい、何をやっているのだという話になり、「えらいことやっとるな」とわかった。

「これで焼き上げて学校行きますので、ちょっと遅れると30分遅れちゃうでしょう」と言うと、先生も分かってくれた。

「君はこんなことをしていたのか。大変だが頑張れ」と応援してくれて、退学勧告も始末書もなく済み、

「でも、できるだけ遅刻をしないように」との注意だけでお許しいただけた。

ほぼ毎日、30分ぐらい遅刻していた。高校3年間で220回の遅刻の記録を持っている。

それで教頭から呼び出され、

「おまえ、志望が理科系だけど、おまえみたいなやつはこのままいったら人間やりそこ

なうから、文科系に行って人間作り直してこい」と言われた。

あれは本当に名言だったと思う。そこで私は、

「分かりました。じゃあ人間を磨いてきます」と答えた。文科系ということで、法科なら中央だといって中央の願書をくれ、どういうわけか受かってしまった。

売るのではなく買っていただくことを学ぶ

パン屋を始めてから、毎晩夜中の零時に起床することになった。

生地を発酵させて丸められるようになるのが朝4時。4時になると家中起こして丸めてもらって、焼きあげてから学校に行く。

昼間は、家にいる親がパンを売っていたが、学校から帰ってきて残っていた分は、その日のうちに売ってしまわなければならない。そこで、自転車に載せて売りに行った。

その時に親父は、

「住んでいる集落は1回は回れ。だが2回は回るな」と教えてくれた。

「1回は『始めましたよ』ということでいいが、2回も回ると押し付けることになる」

と言われた。

知らない所へ売りに行く場合、

「売ろうと思っては駄目だぞ。買っていただくのだと思え」とも言われた。

だいたいトヨタ自動車の社宅へ売りに行ったが、とにかく皆、給料前は金がなくて困っている。弟は後ろからついてきたけれど一言も言わず、私が、

「こんちは、はじめまして。お願いします」と挨拶した。

買ってくれる人もあるけれども、買ってくれない人にはお願いしますといって何個か置いてくるわけである。要するに、売るんじゃなくて、買っていただくんだということを教えられた。

そして、次第に買っていただけるものを作ればいいんだな、とわかってきた。要するにニーズに応えればいいのであって、売りつけるのではないのだ。

売れてくるようになり、作る量が増えてくると残る時の量も増えてきて、放課後もクラブ活動なんかやっていられなかった。帰ってきてすぐ売りに回った。

暖かい季節はいいけれども、冬になると夜の9時頃は寒く、雪がチラチラ降ってくるともう嫌になった。そうなったら、みんな売れ残って、最後は1個ずつ配ってしまうこ

ともあった。

夜の9時頃に売り回りから帰ってきて、すぐに休んでも、12時からはパン作りが始まった。だから3時間しか寝られなかった。休む前になんだかんだやっていたら、2時間ほどしか寝られず、それが3年間続いた。高校生の、一番眠い時期だったのに、である。弟にはできなかった。

父の教え

「とにかく、金というのはな、お得意さんに利益をあげなけりゃ、入ってこないんだよ」と言われた。

他には、

「手形は切るな、手形は割るな」ということも教わった。

割るというのは、どういうことかというと、割り引くということである。銀行に手形を持っていくと、割引手数料というのを引かれる。例えば100万の手形を銀行に持っていくと、3カ月なら3カ月分の利息を取って、90何万しかもらえないのだ。そうすると、値引きしたのと同じになる。

手形を切ったら、手形に追われるので、期日が迫ってくると仕事が手につかなくなる。手形を切らずに現金商売なら、お客さんはいつでも待ってくれる。だが、手形は待ってくれない。だから、

「手形は切るな、手形は割るな」なのだ。

そういうわけで、私は手形は切ってないし、割ってない。そして、借金はあっても、「申し訳ない。その代わり、仕事入ったら現金で払うから」と言っていれば、ずっと取引している所なら、だいたいなんとかなるものだ。

安心して仕事をするためには、手形は切るな、手形は割るな。

興信所も、

「あんたのところ、手形のサイトは?」と訊いてくるのだが、

「いや、手形は切っとりません」というと、Aランクである。借金があっても、Aランクなのだ。手形というのは、無借金よりも優先度が高い。それが処理できないと、倒産になるからだ。手形を切って、1日でも遅れたら、不渡り2回で取引停止だ。それで今まで、会社は手形を切ってない。

本当に、親父からたたき込まれた教えは、ありがたいなあと思うのである。

大学時代

中央大学法学部に入学する

これまでの経験は、本当によかったなと思うことばかりである。

高校から大学に入る時のことだ。

弁論大会に行った時にいろいろ相談したのが教頭だった。所属していた弁論部の顧問が教頭だったからだ。

大学進学について、父は商船学校で船員になって世界を廻って来ることを望んでいたが、母は乗り気でなかったし、私は理科系（物理・化学）志望であった。

相談に行っていろいろ話していると、

「君は理科系志望と出してるが、どこでやっていくんだ」と訊かれた。

「とにかく、ぜひ理科系に行きたいんです」と言うと、

「君は理科系に行ったら人生やり損なう。文科系に行って人間を作り直してこい。理科の勉強はそれからでもできる」と言われてしまった。

文化系か、困ったな、要するに4年間遊んでこいってことか、と思った。その頃、文

化系に行くというのはそういうイメージだった。そこで、「卒論があると遊べないので、卒論のないところはどこか」と調べたら法科だったのだが、法科は一番嫌いだった。

「法科かぁ」と言うと、教頭は、

「法科なら中央だな」と、中央大学の願書をぽんとくれた。

そして急遽、卒論のいらないという法学部を選ぶことになり、先生に渡された中央大学法学部を受験することになった。嫌だなあと思ったけれど、どういうわけか受かってしまった。そして、大嫌いな法律の授業を受けることになった。

理科系の有名大学も2つほど考えはしたが、結局やめて、仕方なく中央の法科に行ったものの、授業が面白くない。授業が終わっても、大学というのは暇が多い。

そんな折、その年の9月に、ボート部設立部員募集という張り紙を見てふらりと立ち寄ると、

「おい、でかいのが来たぞ、ぜひはいってくれ」と言われた。

ふらふらっと行ってボート部に入り、そこで4年間活動した。

朝、昼、晩と腹筋運動500回、スクワット500回ずつという過酷なメニューをこ

なし、ずいぶんと鍛えられた。例えば、引く力、重い物を引き上げる力は１５０キログラムになった。

この体験は、今でも宝物のように思っている。このお陰で今でも健康で働ける体ができたと思う。

将来を考える

親父の勧めもあって入った大学の部活動でボートを漕ぎながら、将来どうするかいろいろ考えた。

まずは、

「これから日本のためにやるんだったら何がいいかな？　まず世界を知ることだな」と考えた。

自由圏はいつでも行けるが、共産圏に行くにはどうしたらいいか考えてみた。だったら、ビザを取るにはまず中立国に行って会社を立てるかと思い、中立国の中でスウェーデンを選んだ。そして、スウェーデンの公使館に、

「なんかいい方法ないですかね？」という内容の手紙を出した。するとスウェーデン公

使から直接手紙が来た。その時のスウェーデン公使は、ハグルンドという公使だった。私は、公使から直接手紙がきたことに感激した。

これはえらいことだ、と思い、それだったらまずスウェーデン語を習いたいので、スウェーデン語を教えてほしいと頼んだ。そして宣教師を紹介してもらって、いざ習おうと思ったところ、盲腸になって急に入院することになった。これは神さまがちょっとやめとけと言っているんだな、と思ってその計画はやめることにした。

「誠に申し訳ないが、病気になってしまいました」と診断書を持って宣教師のところに行った。そして、

「この通り当分静養しなければなりませんので、ちょっと無理かと思われます。だから、申し訳ありませんが、今回は遠慮させていただきます。ありがとうございました」と謝った。

だったら、いったい何をしようかな、といろいろ考えた。

その頃、『山びこ学校』（昭和26年度の出版界のベスト・セラーの1つになった、山形県山元村の新制中学生の作文集）というのがあったので、

「これは面白そうだな。どうせ先生をやって子どもを育てるなら、山家《やまが》の先生がいいな」

と思った。山家というのは、山間部という意味である。

岩手県の刈屋という所があって、ここらあたりがよさそうだなと思い、岩手県の教育委員会へ電話をかけてみた。岩手県の山奥で先生をやりたいと思うのだけど、と。すると、試験をやりますから、出てきてくださいと言われたので、切符を買っていざ行こうと思ったら急に40度を超える高熱が出て、出発の日に行けなかった。

「申し訳ありませんが、せっかくのご厚意で試験を受けさせていただけるはずだったのに、高熱が出て行けなくなりました。切符は買いましたけれども」と連絡した。そして切符と診断書を添えて、申し訳ないが辞退した。これは、山家の先生もやめよ、ということかと思って、やめることにした。

就職難

さて、就職をすることになって、私が行きたいと思ったのは製造会社ばっかりだった。

うちの親父には、

「警察だな。それから中日新聞に知り合いがいるから受けろ」と言われた。その時、親父は警察官か新聞記者になれと言っていたのだ。

それじゃあと、中日新聞だけでなく、ホンダと東映と、他にもあちこち受けようと思った。世界を見ようと思っていたので、共産圏貿易に近い商社もいいかと思った。

するると商社に行った先輩が、

「俺んとこなら、絶対内定出る。俺んとこ来い。絶対大丈夫だ」と言うので受けることにしたが、中日新聞や他の会社も全部試験が同じ日だった。

結局、その先輩のところを受けに行った。東大出が3人、早稲田が何人と、全部で60何人いた中で、2人しか採らないとのことだった。倍率は30倍だったが、受かるやつは決まっているということで、案の定、内定をもらった。簡単な試験だった。

内定をもらうと、学校はどこも紹介してくれなくなる。仕方ないので、とにかく親父に報告すると怒られた。中日新聞と東映の関係者に、

「どうなっとるんだ」と言われてしまった。ホンダとかはコネもないのでいいが、コネのあるところは、受けなかったことで叱られた。

ところが、2月になったら商社から連絡があり、経済界の不況により今年は採用しないことに決定したと、はがき1枚で内定は取り消しになってしまった。本当に腹が立ったので、はがきをビリビリに裂いて叩きつけてやったが、困ったことになった。

ちょうどその時、親父が盲腸になって入院したので、すぐ家に帰ってこいと連絡があった。大学の試験の真っ最中だったが、試験なんか追試を受ければいいわと思って、すぐに帰った。もうこっちは内定取消で真っ青になっていて、(どうしよう、1年落第しようか。困ったな)と思っていた。

うちへ帰ると、ボート部の後輩がたまたま岐阜にいたので行ってみた。するとちょうど、警察官募集が目に入ったので、何の気なしに受けてみた。受験番号は1250何番だったが、採用は20人で、またも倍率が高かった。

こりゃもう駄目だと思い、ボート部の合宿所に行って、「もう1年大学やるわ」と周りに言っていたら、「一次試験合格したので、二次試験に来いと言っている」と家から連絡があった。

行ってみると60人いたので、これは駄目だろうと思いつつも二次試験面接と体力測定を受けたら、どういうわけか20人の中に入れて驚いた。

後で聞いたところ、その時、受験者の中に大学出が23人いたそうである。「大学出はよくないから、やめとけ」という話が出たらしいが、「ちょっと変わったやつがいるぞ。こいつ面白そうだから入れておこうか」ということで採用になったらしい。後からどうして受かったかを聞いたら、教えてもらえたのである。

ちなみに、私以外の合格者は全部コネのやつだった。実質1200分の1だったということで、1200倍のところに入ったのだ。

私のどのへんが面白そうだったのか、それはわからない。何だか知らないけれど、とにかく入れてもらえたのだった。

警察官になって

初出勤で泥棒を逮捕する

警察学校へ入学し、1年間、警察官としての心構えを勉強し、訓練を受けた。ここで最初に教わったのは便所掃除だったが、これが一生の宝物になった。便所掃除から訓練を受け、下働きの大切さを学べたことが、他の何よりも得難い勉強であり、このお陰で何でもできる「人間」になれたような気がする。

さまざまな学びの後、無事卒業となったが、卒業式の時に集団食中毒になってしまった。その中の3人はもう確実に死ぬかも、というくらいの危機的状態だった。集団赤痢だった。私は一番症状が重かったそうで、

「よく助かったなあ」というくらい深刻な状態だった。卒業式で並んでいて倒れたのだが、まわりの景色が白黒の写真みたいに見えた。

結局、卒業式が終わってから3日間寝ていて、その後1カ月間休養しろと言われ、うちに帰ってひと月ほどぶらぶらしてから任地へ向かった。

そして、警官になって最初の日、その晩に泥棒を1人捕まえたのである。

朝早くに、

「今泥棒が入った」と連絡があったので行ってみたら、それらしいやつがいた。出かける前にある程度の状況を聞いていて、中学校へ逃げ込んだというので、探したのだがいなかった。だが、トイレを集中的に見て行ったら、鍵がかかって閉まっているところがあった。

ドアをどんどん叩いて、

「出てこい」と言っていたら、けっこうな大男が出てきた。だが、私も大きかったので、

「なんだ、きさま」と言ったら、

「すいません」と謝ってきた。

「おまえがやったんだろう」と言うと、

「そうです」と言うので連行した。

これが新任警察官初日でやった仕事だったが、初出勤でひとり捕まえるというのは、すごいニュースだった。

その前に、「実務修習生」といって、警察官になる前の1週間、警察署へ派遣されて実務を勉強する制度がある。

その時に、夜、巡回していたらちょっと変わった人がいたので、職務質問をした。相手が、

「俺のことを知らんのか」と言うので、

「いやあ、申し訳ないけど、私は新米ですので」と答えた。すると、

「そうだな。見ん顔だな。俺はこういうもんだ」と差し出された名刺を見たら、○○党○○地区委員委員長と書いてあった。

「これは失礼いたしました」と謝ったが、やはり普通の人とは雰囲気が違ったのである。

その後、雑談をして帰ってきたところ、

「あの男とよくしゃべったな」と他の警官に言われたので、

「普通にお話をしましたわ」と言ったら驚かれた。

私はどこかちょっと変わったところがあるのかもしれないが、本当に引き合わせがすごい。警察の思い出話には切りがない。エピソードばっかりなので、それだけで1冊の本になってしまうくらいである。しかし、プライバシーに関わることばかりで、書くことはできない。

或る少年事件を解決する

私は元々教員志望だったこともあり、警察官になったら少年担当になりたかった。そして、願いが叶って少年担当を命ぜられたので、力一杯勤めさせて頂くと誓った。少年と地域の将来のためを考え、1人の少年を救えるのなら職をかけても本望だと思っていた。

警官になってそれまでの経験が一番役に立ったのは、国宝が燃えてしまった時だ。ある時、国宝の神社が、火事になって燃えてしまったことがあった。私が町で遊んでいたら、警察署の女の子たちが手分けして私の行きそうな所を探しに来た。

「ここにおったたか。ちょっと来て」と言うので、

「なんだ」と訊くと、

「小学校の校長さんが高木さんに来てくれって言ってるもので」と言う。

高木さん来てくれ、と指名してきたということは、他の誰が行っても駄目だということだ。というのは、当時の私は少年担当の刑事だったからである。少年担当をやりながら、防犯関係や、パチンコ屋とか飲み屋とかも全部私の担当だった。

当時は携帯電話なんかないので、とにかくすぐに校長の所に行ったら、

「実はあの火事はうちの生徒がやった」と言うのだ。5、6人のグループで火遊びをしていたらしい。

そして、

「高木さん、何とかならんか」と言われた。その子の将来は考えなければならないし、事件も解決しなければならない。

「任せておけ、校長。何とかうまいことやるから。じゃあ、その子を呼んでくれ」と言って、校長室で調書を取った。そして署へ戻って、署長に、

「実はこういうことで、この件はどうしても表に出るのを抑えたい」と言った。署長には、

「抑えられるか？」と訊かれたので、

「抑えてみせる」と答えたら、

「そうか。じゃあお前に任せた」と言われた。

そこで、私は全社の新聞記者を呼んで、

「実はこの件は、小学生のいたずらから起きたことが分かり、解決した」と発表した。

「とにかくこの通りだが、この子の将来のことを考えると、これを絶対に表に出してもらっちゃ困る。けど、解決したってことだけはあんたらに報告するので、何とか抑えてもらえないか」と頼んだら、皆、「分かった」と言ってくれた。

今だったらクビになるようなえらいことである。公務員法違反なのだから。記者からは、「だけど、高木さん、あんたは地域を抑えられる見込みがあるか？」と言われたが、「やってみせる」と答えた。

「それならなんとかしましょう」と、全部の新聞が言うことを聞いてくれた。そこで私は、「分かった、ありがとう。じゃあよろしくお願いします。じゃあこれA社さん。これB社さん。C社さん。D社さん」という具合に各新聞社に特ダネをひとつずつ見せた。誰が見てもニコッとするような、ほほえましいものばかりであった。

すると、翌日に、みんな署へ一升瓶下げてやってきて感謝された。「特ダネ賞をもらった。ありがとう」というわけだ。その事件以上の特ダネをもらって、かえって新聞社にはよかったのである。いつでもどこへでもあげられるように、私は常にそのぐらい特ダネを持っていた。

その後、一番口のうるさそうなおばさんの所へ行って、「実はな、これは絶対言っちゃいかんし、息子を叱るんじゃないぞ。どうもおまえのところの息子が関わっとるらしくてな」と話した。そして、

「これは誰にも言ってないし、警察も全部抑えるので、頼むから噂が立たんようにしてくれ」と頼んだ。

実際、その息子は何人かと一緒に、運良くというか、運悪く事件に関わっていたので、そんなふうにしたのである。

「この件には、どうもおまえのところの息子が関わってるが、この子の将来のためにも、これは絶対に伏せなきゃいかん。こんなことが知れたら、この辺りには住めんぞ」と言ってうまく処理したから、その親御さんからは本当に感謝された。

一警察官がこれだけやるというのも一定のレベルを超えているようだが、これは自分の職をかけて、少年の将来と家族の安全を考えてのことであった。


それから、かなり悪い中学生坊主の調書を取ったこともある。

署長の許可を取り、ある中学校の校長先生を訪ねて、

「実はちょっと相談がある」と言って実情を話した。

「高木さん、これだけ悪いやつじゃ、どうしようもない。少年院でもどこでも送ってくれ」と言うので、

「ちょっと待ってくれ、校長。お尋ねしますが、あんた教員何年やっているのか」と尋

ねると、

「30何年」だと言う。そこで、

「何を教えていたんだ。こういう悪いやつを教えるのが先生の役割じゃないのかね。いっしょにもう一骨、折ってもらえないか」と言ったら、

「いやあ、恥ずかしいことを申しました。実は今までいろいろなことがありましたので」と答えた。

「下手にしゃべるとみんな少年院に送られちゃうので、いつもは警察には絶対話さないのだ。この子の将来のためを考えてくれたのはあんただけだ」とも言われた。

素行の悪い子供というのは、たいがい家庭環境が悪い。その子が起こした事件を調べるのは私の仕事だが、更生させるのは学校の仕事である。

そこで担任を呼んでもらったのだが、その担任が、

「ポリ公何こきやがって」と言ってくるような、そんな感じの先生だった。だが、連絡を取って色々やり取りするうちに、結局、絶対の協力者になってくれた上に、

「いやあ警察にも高木さんみたいな人がいるんだねえ」なんて言ってもらうまでになった。

この件については、

「この子は家庭の状況はこうだが、そうは言っても私は悪いことは徹底的に調べる。そうすると学校に追い込むことになるので、学校は拾ってやってくれ。そうすれば、絶対この子は立ち直るから、この子の将来のために、連絡を取り合ってうまいことそうやっていきましょうや」と、校長以下に提案した。

校長はみんなが見ている前でその子をなぐったが、熱心さが伝わり、親も泣いて反省し、子供は立ち直った。

結局、その生徒はかなり模範生になって中学を卒業できた。

もしも、少年院に送っていたとしたら、帰ってきてからの各方面への悪い影響は計り知れない。

こうした取り組みの話がだんだんと伝わっていったらしく、

「今度の少年担当の高木ってやつはちょっと変わったやつだ。善処してくれるから、なんでも相談せよ」ということになったらしく、学校から地域から、相談が来っぱなしになってしまった。それらは、本来は警察官の範疇じゃない仕事がほとんどだった。

相手に飲まれない

そしてもうひとつ、当地の有力者の話がある。

「彼は無免許だ」と部下の若い者が言うのだ。

「無免許だったら、なんだっておまえが取り締まらんのだ」と言うと、

「それなら高木さんやってくれるか」と言う。

「ただの無免許の取り締まりだろう」と言うと、

「じゃあ、今度見つけたら来てもらう」と、私の宿直の晩に連れて来た。そうしたらその方は、

「おい、俺を誰だと思っとるんだ」と怒鳴りつけてきた。

「大きな声で言わなくても分かりますよ。いったい何ですか」と返事をしたら、

「無免許という理由で、取り締まりやがった」と言うので、

「それなら、取り締まりが当たり前じゃないですか。貴方のような指導的立場の方が、どういうことですか。法律に従い、すぐ切符を切りなさい」と若い警察官に切符を切らせた。すると、

「お前は首にしたるわ」と言ってきたので、

「ああ、首にできればいつでも首にしてください。その代わり、あなたのほうが先に首

ですよ」と言ってやった。

結局、その人は、

「切符切ってくれ。もう判子押すわ」と言って、怒って帰って行った。

すると翌朝、

「昨日はありがとうございました」と、その人が菓子折りを持ってやってきた。

「なんだ、昨晩とだいぶ勢いが違うね。何があったんですか」と訊くと、

「警察がうるさいことを言うので、今日は運転手を頼むことにした。そうしたら、なんと交通事故で車がくしゃくしゃになってしまった。もし自分が運転していたら、今日で政治生命が終わっとった。昨日はようやってくれた」と言う。

その人は勘のいい人、感受性がいい人だった。切符を切られた翌日に交通事故が起きて、本人はどうってことなかったけれど、車はくしゃくしゃになった。もし、本人が運転していたら、新聞には、「○○○の交通事故」と一面に載っていたはずだ。

だから、

「あんたは偉い人だ」と褒めていたのだ。

警察官時代の特技

警察学校の時、年が一番上だったので、私が総代だった。

先生というのは生徒にいろいろと言うものだ。

「総代ちょっと来い」と呼び出されて行くと、なんてことはない、私が叱られ役だった。だが、言われたことは、絶対に他人には言わなかった。先生が「あいつが悪い、こいつが悪い」と言っても、「分かりました」と聞いてきて、その後は1人で心にしまい込んだ。

それから、警察学校では、順番に2時間ずつ不寝番というのがあった。警察官になったら警らがあるが、要するに学校ではその代わりに不寝番というのがあり、だいたい2週間に1回は回ってきた。

1年間、警察学校にいたが、私はどういうわけか、一度も人から起こされたことがなかった。何時に起きると決まったら、自然と起きる。パン屋の時の癖である。一度も目覚まし時計を使ったことがない。

眠たい時には、知り合いの所に行って、

「おい、ちょっと5分寝さしてくれや」と頼む。

「12時まで5分ある。5分寝させろ」と言って、上り框《がまち》で5分、大いびきかいて寝た。

そして、5分たったら、

「よう寝た。ありがとう」と起きる。

これは、特技である。5分間寝た後で、ちゃんと起きられるのだ。パン屋をやっていた時に2時間睡眠で学校に行って、眠くてしょうがないこともあって、その頃は、授業中にしょっちゅう寝ていた。だが、寝ていても授業は聞いていた。

それから、

「他の人は一度聞いたことをなんで忘れるのかな」と思ったことがある。教育勅語を暗記してこいと言われれば、一晩で暗記した。それは、たまたま私の記憶力がよかったというだけのことなのかもしれないが。

だがこれは、パン屋をやりながら高校に通っていたおかげでもある。とにかく時間がなくて、パンをこねた後、焼き上げる前の時間に教科書を読むぐらいのことしかできなかった。

試験の時には、問題を見て、あの時先生が黒板にこう書いたなぁとそのシーンを思い出しつつ答案を書いた。映像のイメージで全部覚えていたということだ。

警察官だった時も、例えば、

「車のナンバーチェックしろ」と言われたら、10台ぐらいだったら映像で覚えられる。

後で、

「何番と何番と何番が通りました」と言えた。その才能がちゃんと使われているのだ。

ついでに言うと、当時は無免許が多かったので、「無免許検挙月間」というのがあった。

若い衆はひと月5件ぐらいが目標だった。


そんな中で、残暑厳しいある8月29日のことはよく覚えている。

部下の警察官に、

「おい、おまえ。無免許どれだけ見つけられた？」と訊くと、

「1件しかない」とか、

「2件しかない」と言う。

それじゃあ、と彼らを連れて5人で国道に行った。

「田んぼ道で近所の人の無免許を挙げたら、後で何を言っても聞いてくれなくなる。そんなことはやらずに、近所の人は大事にしておけ」と言って、国道に連れて行ったのだ。

私が、

「月末まで29、30、31と3日あるじゃないか」と言うと、部下たちは、「3日しかない」と言う。そこで、「ついて来い」と言って3日間2時間ずつ、国道で彼らをずらっと並べて見ていた。そして、あの車を止めろと指示し、部下たちが車を停車させて運転手に、「免許証を見せて」と言うと、「忘れた」と答える。そこで私が、「あなたは忘れたのではない。無免許で初めからないいんでしょう」と問いただすと、結局、「すいません」となるのだった。

走っているところを見ているだけで、私にはどの車が無免か分かるのだ。それは、500メートル手前からが勝負なのである。無免許だと、警察がいるということで挙動がおかしくなり、一瞬変わる。それだけなのだが、目線があった時にも、警察の勘が働くのだ。

「あんたは免許証忘れたんじゃない。ないんです」と言い切る。そうするとたいがい素直に認めた。それで、切符を切らせた。

結局、国道で5人並んで見張り、3日間で約20件ぐらいの無免許運転があった。

少年院に送らずに更正させる

私は少年院に1人も入れてない。私の取り調べた者で、刑務所に送った者は1人もいない。

犯人といわれる人間に相対した時には、心の底が透けて見えたものだった。

「ああ、この子の根はこれだから、そこを伸ばしてやるにはどうしたらいいか」と考えて、それを基本に話していくと、相手も素直に話してくれるわけだ。

そうかそうかと言って、どうしたらいいのか、何が不満なのか、そこのところを聞き出していくと、おのずとその言い分、良い面が出てくる。だから少年院なんかに行かせる必要はないわけだ。

それで校長に、

「少年院なんか冗談じゃない。この子を少年院にやったら、帰ってきたころにはあんたも俺も転勤で、ここにいない。この子が帰ってきた時には、地域に流す害悪はどのくらいになるか分かるかね。ここで、もうちょっとひと骨おりましょうや」

と言うと、先生もわかってくれた。本当に、ありがたかった。

取り調べて刑務所に行かなくてすむようになる場合には、執行猶予もあるし、起訴猶

予もある。書類送検にして、

「こいつは、改善の見込みあるよ」と言ってやれば、刑務所に送らなくても済む。検察官と相談すると、そういう選択肢があるのだ。署長の許可を受けて、

「送っちゃ駄目だ」と言うと、

「勝手にしろ」と言われるから、

「ああ、ありがとうございます。勝手にさせてもらいます」といって処理するのである。


署長とはけんかばかりしていたので、周りが心配して、

「高木くんは、あんなにけんかして、しょうがないですね。どうしましょう。転勤させますか」

と署長に尋ねたそうだ。だが、署長は、

「ばか。あれは、俺がどのぐらいの肝をしているか調べてるだけだ。何を聞いてるんだ」

と答えたらしい。すごい信頼関係があった。おかげで、少年院にも、1人も入れずにすみ、更正して人が変わっていくのを見てこられた。

その子たちには、

「どうだ。大丈夫か」とまめに声を掛けなければいけない。

「警察官は、泥棒を捕まえるだけが警察じゃないぞ」ということだ。

少年は、そういう意味では変わる。やり方によっては、必ず変わる。

まあ、30過ぎたらだいぶ難しいが、それでも、30過ぎて、親がいて、子どもがいて、嫁さんがいれば、そして上手にお願いすれば、思いとどまる時は必ずあるものだ。人の性は、善だということだ。

コツと言ったら乱暴かもしれないが、過ちを犯してしまう人に対する、チェックポイントのようなものはある。だから、家族とか、周りの人に助けてもらえば、そういうふうに変えることもできるということだ。

そのためには、環境を全部、調べ上げないといけないが、それが大変な仕事なのである。家庭環境、それから友達関係をどういうふうに見ていくかが非常に大事なところで、つまり、その相手の人生を知らなければならない。私の取り扱いだけで、その人の将来が決まってしまうとしたら、大変なことだ。外さないように、判断ミスをしないように、たくさん調べていくのだ。

調べることは簡単で、訊けばいい。相手が言いたくないなら、訊かなければいい。机をたたいて言わせる必要はないのだ。

少年1人助けられるなら、自分の首など露のようなものだ。

相手の立場に立って考えよ（父の教え）

実は、私が手がけた事件では、否認黙りがひとつもなかった。

どうやるかというと、いよいよ時間がなくなると、

「高木、何とかしろ」と言われるので、

「分かった」と引き受けて、相手には、

「だいぶ頑張っとるそうだな。もうちょっとだから、そのまま頑張れ」と言ってやる。

そして、たばこを吸っていると、相手は、

「頼む、聞いてくれ」となるのだ。

高圧的に言われたら話さなくなるが、こちらがゆったり構えていると、話したくなる人もいるのだ。

相手から直接話を聞けば事件が必ずしも解決するわけでもないので、言わなきゃ言わなくてもいい。

「分かってる、もういい。頑張れ」と言って待つ。

「48時間だ、もうちょっと頑張れ」と。

取り調べというのは、時間をかけての根性比べのようなところもあるので、

「言わなきゃ言わんでもいい。分かっているのでいいぞ」と言うと、たいがい折れてきていた。

人との巡り合わせに感謝

私は本当に、いい人に巡り合えて、やってこられた。

私を、本当にひどくいじめた人もいたが、今となってはその人も、まさに恩人だ。非常に厳しい上司がいたのだが、これじゃあどうしようもないのでもう辞めようと思い、そのおかげで、警察を辞めることができたわけだ。結局、その人がいたおかげで、今があるわけである。

そういう、いじめてくれた上司があったおかげで、辞めるふんぎりがついた。そして、女房が、

「3年間は私が生活の面倒みるから、辞めてもいいよ」と言ってくれた。女房のおかげだ。

世の中はうまくできているものである。

警察に入る時に試験官に、何になりたいと訊かれて、「じゃあ少年担当をやりたい」と言ったら、「面白いやつだな」と言われた。

「本当は先生をやりたかったけれど、先生ミスっちゃったんで少年担当をやりたい」と言ったら、ああ、君は面白いやつだな、と。

で、幸か不幸か警察官になってしまったのだ。だが、その後も奇跡は続いた。

前述したように、赴任した最初の日に泥棒を捕まえたりなどだ。

最後まで、中でも外でも、警察官らしくない警察官だなあ、と言われた。あんた警察官だとは誰も思わんぞ、発想が全然違う、と。

だが、私は少年担当が好きだったので、この少年の将来のためにはどうしたら一番いいかを考えたらそうなっただけた。そんなところまで、おまえが考える必要ない、と言われても、それを考える。これは厚意である。この子を通じて公共の福祉を考えると、少年院には送らないほうがいいということだ。

「私のできる範囲内で、国を守ろう、この子を守ろう」と、その考えがたえず基本になるわけだ。

これは公共の福祉である。だから、そういう生意気なことばっかり言って、たえず上司と喧嘩することになった。

「署長、こりゃ駄目だ」なんてやるので、あんまり評価はよくなかった。成績はどんどん上がったのだが。


警察官になったら実際は大変で、こんな所には長居するもんじゃない、と思った。だが、当時は一定の年数を勤めたら恩給というものがもらえたので、恩給がつくまで辞めるわけにはいかないと思った。

恩給というのは、なにか悪い事をやったら取り消しになる。

「警察官をやっていました、恩給いただいておりまして」というのは、「生涯にわたって悪いことしません」ということなのである。警察官を辞めても、ずっと警察官みたいな気持ちでいなければいけない。

今の年金とは違い、前科一犯になったら恩給は取り消しだ。

公務員というのはそういう制度があるのだ。

日本では、

「警察官をやっていました」というとそういうことだが、外国に行くと、おまえそれを言うのはやめとけと言われる。警察官ほど悪いやつはおらん、ということらしい。

ドイツに行ってもイギリスに行っても、悪いことは言わないから警察官になるのはやめておけと言われる。袖の下が多いらしく、汚職にまみれているような人間と見られるそうだ。ブラジルなんか最たるもので、例えば、交通事故が起きたというと目撃者がたくさん出てくる。本当は何も見ていない目撃者が、である。そして、事故を起こした当人が、お金を払って自分に有利な証言をさせるのだ。

「おまえにいくら出す、おまえにはいくらだ」と、相手が警察官でも買収するという。簡単に買収される警察官は当然、信用がなくなる。日本とはまったく違う。


どんなに私をいじめた人でも、今となってみると、全部、恩人だ。

一番いじめが酷かったのは警察の時で、大学出だという理由でさんざん叩かれた。

「大学出で、このぐらいのことが分からんのか」と、何かにつけて言われていた。ひがみなどもあったと思う。

すぐに、

「この職場はちょっと違うんじゃないかなあ」と思ったのだが、恩給がもらえるようになるまでは辞めるわけにいかなかった。

警察官は、危険職業手当がつくくらいなので、恩給が出るのが早かった。普通は今の年金と一緒で20年だったが、私の頃には、下級警察官はその権利が13年でついたので、13年と1日で辞表を出した。1日でも足りなかったらもらえないので、

「よく計算して辞めろよ」とみんなに言われて、しっかり恩給が出るところまで勤め上げて、辞めた。

辞表を出した時には、

「なんで辞める」と訊かれて、

「嫌になったから辞めます」と答えたら、

「受けつけない」と言って、ピーッと破られた。仕方ないので、また1週間ぐらいたってから持っていった。

一番、「辞めてくれるな」と言ったのが、学校の先生と、無免許運転で検挙した、あの人だった。

「貴重な人だで、辞めてくれるな」と言われた。

「好きで辞めるんだ、頼む、辞めさせてくれ」と言っても、「頼む、辞めてくれるな」と言ってくれた。ありがたいことだった。

また、学校ごとに送別会をやると言われ、日がないから「けっこうだ」と断ったのだが、「それなら合同で」と、みんなで送別会をやってくれた。

山登りと人生のルート

山登りにはいくつかのルートがあるけれども、どのルートを使うかが問題だ。人より早く登るには、人と同じ道を行っては駄目だ。

警察官の時に山登りの競争があった。私は二番でゴールに入った。一番がサッカーの選手で、二番が私だったのだが、

「何、高木が二番で入ってきたかあ」と驚かれた。長距離の選手より早かった。

どうして二番になれたかと言うと、

「この辺はどうやったら一番早く登れるかなあ」と、たえず見ていたからである。

今になって、自分のような、先生になりたかった元警察官が、なぜフリーエネルギー

の装置の作製をやらなければいけないのか、と考えてみた。

思い至ったのは、目的として、たえずお得意さんの利益があり、国に役立てたいということがある。

その目的に合ったものを進めていけば、結果的には会社のためであり、自分のためであり、従業員のためになる。従業員に安定して働いてもらうためには、ここにいれば大丈夫だという、何かが必要だ。

もし内定をもらったあの商社に入っていたら、数年で潰れていた。いきなり内定取り消しするような会社には、絶対に将来がない。

従業員のためにも、人がやらない方法で人がやらないものを作らなければならない。そのためにはいろんな、とにかく何でもいいので種をまくこと。

それで行きつく先はどこかというと、ウェールズ大学のロバート学長に教えてもらったことが大事な点だ。

「エネルギーと食料と薬品、これには手を出すな」と言われたが、これはポイントだと思う。一番大切なことであるからだ。

「ここから先は行っちゃいけない」というところまでは大丈夫なので、前著でも、だいたいここら辺のところ、というところでやめてある。

先人が開発してきたいろいろな技術のいいとこ取りで、できる限りまとめる。あとは専門家に考えてもらえればいい。

エネルギーも食料も、それから薬品も、今までは炭素がテーマだったけれども、これからはケイ素の時代になる。

また、ケイ素も炭素も、植物も動物も、実は全部ソマチットのパワーなのだ。私は、宇宙エネルギーというのはソマチットだと思う。ソマチットについては後述する。

結婚

相手探し

警察官になって3年経った時、両親から、

「兄弟のこともあるので、長男のお前もそろそろ結婚のことも考えてくれないと困る」

と言われた。

実は1つ下の弟は、大学を出て、第一希望の青果市場の、あんことといって値決めをする役割である立会人になっていて、私よりはるかに高い給料を取っていた。

その時の私の給料は11800円で、歌にもなった額であった。

「今のままでは結婚しても食っていけんわ」と言うと、

「一人口は食えんでも二人口というではないか。好きな人はおるか」と訊かれた。そこで、

「私は長男としていつかは親と暮らすことになる。親がこの人とならなんとか暮らせると思う人がいたらその中から選ぶ。条件は、健康で、現在家の手伝いをしている人だ」

と答えた。

すると父が、精麦会社に勤めていて、トラックで仕入れに来る元気な娘がいると候補

に挙げてきた。その娘を知っていた先輩に相談すると、

「あの娘は仕事もできるし、いい娘さんだ。しかしな、転勤したり実家に帰った時のことを考えると、お前の実家の近くの人にした方がいいぞ。実家へ帰れば、ついでに両方の家に寄れるし。退職して実家へ帰ればお嫁さんも心強いと思うよ」

とアドバイスされた。

そこで、実家の近くで探してもらい、「お見合い」をすることになった。

休みの日を利用して父に同伴してもらって、お見合いに臨んだ。相手は、農家の6女の健康そうな娘さんであった。

両親は、

「いまどきこんないい娘はない」と大乗り気であった。だが、ほどなく断りの返事があった。理由は、

「今年は年回りが悪い」とのことだった。

本当の理由が他にあることは推測できたが、

「それはありがたい。来年ならこちらももっと都合がいい」と言って、1年の婚約期間の後に結婚することになった。

結婚式の朝、これから妻になる娘の実家に挨拶に行き、

「今まで大切にお育ていただいた娘さんをお預かりいたします。喧嘩もすると思いますが、ご両親の愛情を引き継ぎ、あの世でご両親にお会いした時、顔向けできないようなことは絶対にしないつもりです」

と誓い、結婚させていただいた。

その後、嫁舅《よめしゅうと》の間がぎくしゃくした時、

「こんないい娘はいないといって薦めたのは、ありゃ嘘だったのか」

と言うと収まり、非常に都合がよかった。


こうして所帯を持ったが、家賃を払い、電気代水道代などを払うと1カ月の食費が1000円ほどしか残らない。女房は新婚早々から、持参したミシンで慣れない子供服作りという内職の毎日だった。

私より7つ年下の弟がトヨタの子会社に就職したが、初任給が私の給料の3倍と聞くと、女房には本当に申し訳なくて、最敬礼するしかなかった。

配属替えになり、派出所の勤務になると、留置所を改造した官舎に入れてもらって家賃がいらなくなり、やっと生活が楽になった。

娘と臨死体験

やがて子供が生まれ、さらに次の娘が生まれた時である。柔道の警察署対抗県大会の選手として出場した。

県内の署の対抗戦で、5人の選手の中の1人に入れてもらったのだが、その頃の私は、この形になったら絶対勝つという柔道の形を持っていた。大外刈りが一番得意で、かけたらまず負けなかった。この時も先鋒として取組中、勝った、と思ったのだが、足をかけたらすっと外されて、頭からどーんと落ちて気絶してしまった。

気が付いたら、同僚の膝枕で上を向いて寝ていた。

「何があったのか」と尋ねると、

「お、生き返ったか」と言われた。

実はその時、ちょうど下の娘が生まれる頃で、妻は私の実家に帰っていた。私の方は岐阜にいたのだが、なぜか下の娘と女房がいる夢を見たのだ。生まれたばかりの二女が、女房の横で寝ていた。

ふっと我に帰ったら、同僚の膝枕で大勢の顔が覗き込んでいるので驚いた。

試合後、官舎に帰っても誰もいないし、頭をぶつけていて熱がどんどん上がってくる

ので、仕方なく実家に帰らせてもらうことにした。付き添いの人がパトカーで岐阜の駅まで送ってくれて、

「車掌さん、申し訳ないが、ちょっと意識がおかしくなるかもしれないので、見ていてくれ」と頼んでくれ、車掌室で休ませてもらった。

知立駅で車掌が三河線の車掌に引き継いでくれて、竹村の駅まで帰った。

すると、昼間見た生まれたての赤ん坊がそこにいたのだ。二女はあの時見た、そのままであった。

ずっと後になって「臨死体験」という言葉を聞いて、あの時が正に「臨死体験」ではなかったか、と思った次第である。臨死体験というのはああいうものだったのかと。

その後、1カ月間は病院通いで、治療に専念した。

これもやはり奇跡だなと思う。あの時にもし帰れなかったら二女もすぐには見られなかったが、気を失った時に既に会っていたということは、事によると二度と会えない可能性もあったかなと思った。

これが3回目の臨死体験である。

退職後

前述のように、私にとって警察官は一生やる仕事ではないと思い、年金が付いたその翌日に辞表を出した。

弟が、家業である縫製業を守っていてくれたので、おかげで帰ることができた。弟は機嫌が悪かったが、なんとか認めてもらったのである。

親も、

「しょうがない、帰ってくるか」と承知してくれた。女房に、

「警察は辞める」と言うと、

「せっかくちょっと食べられるようになったかな、と思ったらもう辞めるの？　これからどうするの」と言う。

「もうこのままいったって55才になったら定年になる。再スタートするのに、今なら間に合う」と答えると、

「じゃあ、3年間、私が責任もって食べさせます」と言ってくれた。

「3年間、ものにならなかったら、今度は私の言う通りに、勤めでも何でもとにかく働

いてほしい」とも言われた。

こうして3年間の余裕をもらい、警察を退職した。

実家が縫製業なので、あとを継ぐという選択肢もあったけれども、縫製は性に合わないので他のことを考えるつもりだった。けれども、親からは、

「とりあえず手伝え」と言われたので、まずはそうすることにした。

トヨタ自動車の座席を作る仕事を請け負っていたので、家から遠くない所にあるトヨタ自動車の下請けの工場へ行くと、専務が、

「おい髙木くん。おまえ警察辞めたなら、なにか大きなことをやってみろ」と言う。

「金ならどれだけでも出してやる」というありがたいオファーもいただいた。

そこでおおいにやる気が起きて、警官時代に働いていた近くの町の中学校が廃校になっていたので、そこを貸してくれるように町役場に交渉に行った。

すると、

「そうか。それだったら、男500人、女500人使ってくれないか」と言われたものだから、

「分かった。じゃあいっぺんやってみましょう」と即座に答えた。

だいたいコストがどのぐらいかを検討してみると、設備で5億くらい、それから、いろんな段取りに2、3億がかかるだろうと思った。そこで、

「費用がかかるが大丈夫か」と訊くと、

「町で出してやる。その代わり、1000人ちゃんと雇ってくれよ」と言ってもらえた。

「初めから1000人は駄目でも、とにかく最終的に1000人になるようにやってくれ」ということだったので、よし、とすっかりやる気になった。

それで、

「いくらでも出すって言っていたけど、どのくらいなら出してくれるのか。こんだけか?」と片手を広げて言ったら、

「それはちょっと厳しいな」と言う。なんぼでも出すって言ってたのはどういうことだ、と思いつつ、向こうが指を2本立てているのを見て、

「なんだ2億か」と言ったら、

「なに?」という返事があった。

「まさか2000万じゃないだろうな」と言うと、

「200万だ」と言う。こちらも驚いて、

(そんなとこと付き合っとれんわ)と思い、

「安見積もりしていただけますな」とたんかを切った。

それから、何かいい仕事はないかなと思って、弁当持ちで名古屋からずっといろいろと探した。

そのうちに親父が、

「おい、プラスチックにメッキが付くそうだぞ」という情報を仕入れてきたので、

「それ面白そうだね。やってみるか」ということになった。

現在のメッキ工場の下が縫製工場だったが、その仕事にも関連があるので一挙両得だった。警察の退職金が80万あったが、

「俺の13年の成果だよ。これはあげるよ」と親父にあげた。ゼロから出発すると決めたからには、本当にゼロになる必要があると思ったからである。

高木特殊工業設立

金型のメッキを始める

メッキ屋をやると決めてから、まずはインスタントコーヒーのびんをずらっと並べて、自動車のバッテリーから電気をとってメッキをしてみると、少し付いたので、これだと思った。

ちょっとした設備だったが30万をかけて準備し、最初にもらった仕事がトヨタのセンチュリーだった。センチュリーの一番初めのモデルのある部品に、1個3円でメッキをしたのが最初だ。

そして、プラスチックのことを調べたら、プラスチック製の金型がものすごく高いことが分かったので、簡単に作る方法はないだろうか、と考えた。

まず1番簡単にできる方法として、木型をモデルにすることを考えた。

「それにメッキつけたらどうだろうか。プラスチックにメッキがつくなら木だってメッキがつくはずだ」

やってみたら、すぐにできた。ところが、木は水分を含んで膨張するので、寸法が狂ってしまう。

木の寸法が変わらないような方法はないだろうかといろいろ調べたら、アメリカで木に樹脂を含浸させて、強化を図っているという資料が手に入った。これだ、と思い、木にアクリル樹脂を中で重合させて、とにかく液体をしみこませて、プラスチックにしてしまう方法を試してみることにした。

テストをしたところ、重合熱という熱が出て、跳ねて爆発してしまった。こんな危険なことは駄目だと、今度は樹脂で型を作って、それにメッキをかけてみた。1万個ぐらいすぐできたし、試作品はこれでいい、というのができたが、次第に、

「こんな訳の分からんことやっても、なかなか仕事がこないし、やめたほうがいいかな」

と思いはじめた。

そのうちに、アイシン精機に勤めていた弟が、

「おい、外国では金型にメッキして長持ちさせるそうだぞ」と言うので、

「それは面白い。やってみるか」と、金型に強度の高いクロムメッキを入れて、始めてみたわけである。

鳥小屋の中で鶏が卵を産んでいるような所に、1メートル角くらいのタンクをひとつ

置いて始めたのはいいが、とにかく食べてくことを考えなければならないので、ずっと営業してまわった。

そのうちに、加古さんという人が、

「その仕事を貰おうとしてるのか。だったら、『どんな大きな会社でも、うちと付き合ったらこういうメリットがありますよ。あなたの会社のためですよ』というつもりになったらどんな大きな会社でもいける」と教えてくれた。

ああその通りだな、と思ったので、大きな会社でもあえて堂々と、胸を張っていこうと決心して、トヨタの下請けのある大手の会社に行った。

「実は金型のメッキ始めまして」と言ったら、どのようなものなのか、と訊かれた。それで説明したら、なぜか課長がでてきて、

「おい、面白いぞ。係長、ちょっと来い」と、係長を呼ばれた。

そこで、

「金型にメッキすると長持ちするということで始めましてね」と説明したところ、うちに見に来ることになって、鳥小屋でやっているのを見られてしまった。

「まあ鳥小屋でもいいや。やってみよう」と言ってくれたので、実際やってみた。すると、

「抜群にいいから、注文するぞ」と言われて、

「これがなかったらもうできない」と言われるまでになった。

これが、自動車の潤滑剤のメーカーの話である。


それからもうひとつは鍛造で、その会社は旭鉄工という所だったのだが、そこでも同じように話をした。


すると、技術部長に会社の経歴書と見積書を持ってこいと言われ、分からなかったので、経歴書が何なのか教えてもらった。そして、見積もりを持って行ったら、

「こんな見積もり書があるか」

と言われて、書き方を教えてもらった。

部長が課長を呼んで教えてもらうことになったのだが、

「見積書に、利益がどのくらいになるか書いてないけど、おまえのところは利益がないじゃないか」と言われてしまった。

「じゃあ、どうやって書くんですか」と尋ねたら、

「それも知らないのか？　面白いやつだな。興味がわいた。一度お前の工場を見に行くぞ」とまた言われた。

「うちの施設は工場といえないかもしれないです」と言ったら、

「工場がないのか？　ブローカーか？」と言われてしまった。

「いや、うちで作ってます」と答えると、

「ならば工場はあるだろう」と言う。

「あれは本当に工場かな？」と言うと、

「お前面白いから、今から行くぞ」と言われて、実際に来てもらったところ、鶏が卵を産んでいる隣でやっているのがわかってしまった。

「いやあ、おまえ大物だわ。俺の所に来るのに、こんな状態なのか。大物だ。よし」と言われて、型を発注された。

鳥小屋ではさすがに対応できないので、親父に借金をしてもらって、50坪の土地に200万で工場を建てた。

受注したのが大きな金型だったので、重くてとても手では持ちあげられない。そこで親父に、

「チェーンブロック（鎖を用いた簡単な構造の物上げ装置）がほしい」と言ったところ、

「金もないやつがチェーンブロックなんか生意気だ」と言われてしまった。

仕方がないので、滑車を用意して、私と妻と父母と4人で持ち上げたが、誰かがちょっと手を離すと下りてしまう。これはどうしようもないな、と困っていたところ、弟が近

くでプラスチック業をやっていたのを思い出し、チェーンブロックを貸してもらって事なきを得た。これが最初である。

そんな風に立ち上がり、紆余曲折があったけれど、何とかこれで食べられるようになったし、従業員にも給料が払えるようになった。本当にありがたいと思う。

思い返してみると、人生というのはドラマじゃないかなあと、エピソードばっかりだなあと思う。ドラマのない事業は長続きしないと思うし、事業も人生もすべてドラマだと思うのだ。

それで、今度はドラマ作りをしよう、営業はドラマだ、と、その思いで始めた。

高木特殊工業という名前は、警察学校の先生にいろいろ相談して決めた。

警察を辞める時も、上司に、

「おまえせっかくここまで来たのに辞めるな」と言われたので、先生に相談に行った。

「こういうわけでメッキを始めることになりました。人のやらないことをやりたい」と言ったところ、

「そうか、それじゃあ高木特殊工業でどうだ」と、名前をつけてくれた。

それで社名が、『高木特殊工業』なのである。

得意先の利益優先

さて、メッキの商売を始めてから、名刺を配って歩き、本当にまだお得意さんが何軒もない時に、大手の会社から、

「ちょっとケーブルを頼む」と仕事をいただいたことがあった。

最初は「いったい何だろう?」と思ったのだが、話を聞くと、4メートルのラインの機械の、一番大きなメインシャフトがベアリングをかじってしまったということだった。

「3日のうちにできないとトヨタのラインがストップする。ぜひ行って、見てくれんか」

というので出かけて行ったら、ベアリングの所が、2ミリ削れてしまっているという。

そこで、2ミリのメッキを、3日で仕上げてくれというのだ。通常なら、1週間はまずかかるところだ。

「申し訳ないけれど、おたくがお付き合いしている所にお頼みになったらどうですか」

と断ったら、

「そこがやってくれるくらいなら、あんたんとこに、頼みやせん」と言う。

「何とか、やってくれんか」と頼まれるので、

「よそがやれないってことなら、うちがやりましょう」と、受注することになった。


2ミリのメッキというと、技術的には非常に困難なのである。普通は、誰が考えても不可能だ。かなり太い、4メートルのシャフトで、人間の手ではとても持ち上げられないので、重機で上げないといけない。そんな物に、メッキを掛けなければいけなかった。たまたまその時、4メートルのメッキ槽を注文してあった。

「すぐにそれが必要だ」と言うと、発注元の会社の部長以下10人で槽を持って、セットして液を入れてくれた。みんな真剣で付きっきりで見て、なんと3日で2ミリのメッキを付けてしまった。凄いことである。


そうしたら、今度はそれを研磨しないといけなかった。最初は、私が警察官の時に知り合いだった製紙会社が大きな研磨機を持っているので、そこに研磨を頼もうと思っていた。

だが、そこは岐阜だったので遠くて大変だというので、なんとトヨタ自動車でやって

くれることになった。トヨタ自動車の工場で研磨してもらって、間に合ってしまうという偉業だった。

相手からは、

「ようやってくれた、ありがとう」と感謝され、見積り請求書を持ってこいと言われた。

だが私は、

「あんたの会社のこの物のために他の所を断って、他の会社にも協力してもらってやれたのだから、そんな金をもらうわけにはいかない」と答えた。

すると、

「そんなわけにはいかない。いくらでも出す。せめて10万とっといてくれ」と言われた。

その当時はひと月の売り上げが10何万しかなかった頃なので、そんなにもらっては申し訳ない。

「じゃあ、おたくが10万っていうなら、うちはゼロとして、中を取って5万でどうでしょう」と提案すると、

「あんた、変わった人だ。普通だったら300万請求してくる。300万か、1000万でも出すつもりだった」と言われた。それだけ、その会社にとっては大事な局面だったのである。

どうも「トヨタ自動車のラインがストップすると、1時間何千万円も取られる」らしかった。そういうペナルティがあったので、

「1日遅れたら、億単位の損失ですよ。だから1000万って言われたら1000万出すつもりだった」と言うのだ。

それから、その部長さんには、

「あんたの気持ちはよく分かったから、今後うちの仕事は全部あんたの所に出す」と言っていただいた。

そして、

「仕事はあるか」と訊かれるので、

「ない」と言うと、いろんなところに電話していただけて、

「あそこは仕事がないので、頼んであげてくれ」と、お得意さんを紹介してくれた。

それで、会社が急激に大きくなった。

その一番初めの仕事で、うちの仕事に対する気持ちが大きな価値だとわかってもらえたのだ。

これが、親父の教えなのである。

「お得意さんに、買っていただけるんだ。自分のもうけじゃない」と考えろと。「お得意さんに与える利益の、何割か、何分かをもらえるのが利益であり、お得意さんの利益が優先なんだ」と。

お客さんにいかに貢献するかが、商売のポイントだと教えられた。おかげで、今の仕事を始めて50何年になるが、未だにうちに営業マンは1人もいない。それは、そういうお得意さんがいるおかげなのである。

それともうひとつ大切なことは、お客さんが今、何を求めているのか、将来、何が欲しいかを知ることである。

間一髪

こんなこともあった。

取引先の大手の会社の重役である部長さんと雑談をしていた時、「豊田市に工場か倉庫を貸してくれるようなところはないか」と尋ねられた。

「貸工場ではないけれど、私の工場の隣に2000坪ほど空き地がありますので、そこへお宅の設計で工場をお建てになったらどうですか」と提案すると、

「あなたの工場の隣なら、トヨタのどの工場にも近いし申し分ない。ぜひ貸してくれ」と話が決まった。だが家に帰って調べてみると、その土地は、幹線道路沿いの隣のYさんの土地から10メートルほど入っており、工場を建設するには入り口を借りなければならなかった。

家に帰ったのは午後8時を過ぎていたので、夕飯を食べようと思ったが、「思い立ったが吉日と言うので、明日の朝ではなく、今から行ってくる」と、隣地の地主さんのところを尋ねた。

「入り口を10メートルほどお借りできないか」と言うと、

「せっかくだが、道路の替え地として市役所に売ることになり、明日の朝9時に契約することになっています」とのことであった。

「明日の9時ということは、まだ契約書にハンコついてないですね」

「それは、まだです」

「よかった。では道路に付いた部分を全部私に譲ってください」

こうして間一髪、隣地900坪を買わせて頂けることになった。

もし、あの日取引先であの話が出なかったら。

もし、その晩に行かなかったら。

道路に面したところに10戸以上の住宅ができていたら。

思うだにありがたいことと、感謝以外の何ものでもない。取引先と絆ができ、毎月家賃収入がいただけるようになった。

さらに銀行からは、

「えらい買い物をしましたね。これであなたの土地は、担保力がぐんと上がりました。道路面に住宅が建ったら、あなたの土地は死に地になっていました」と感心された。

株式会社コーケン設立

超硬処理技術研究所、略して「コーケン」として、株式会社コーケンを立ち上げた。名古屋工業大学を卒業した娘が社長である。

タングステンなどのメッキを研究していた。

特許料が高くかかるので、高木特殊工業でやっていたら利益を食ってしまう。それで別会社として運営していたのだ。

他にも、T&Tケミカル有限会社とT&Tインターナショナル株式会社を設立し、私以外の社長をたてた。古くから貢献してくれた従業員もみな年をとっていくので、それぞれ社長になっていたらいつまでも働けるのではと思ったのだ。ただ、「自分は社長の器ではない」と、断る人もいた。それで、定年を設定せず、60歳で退職金を出しはするが、そのまま働いてくれる人もいる。ただ、給料はそれまでのままではないが。

外国視察と技術導入

テフロンメッキとの出会い

それから、技術導入を兼ねて外国に視察に行ったりしたけれども、これもドラマであった。メッキにしても、これを開発するには、それぞれのエピソードがあったわけだ。この工場を建てる時に、オール讀物という雑誌に投稿してみたが、掲載して頂けた。

私の会社は特許を200件ぐらい取ったのだが、ひとつも採用されなかった。どんなに特許を取っていても、使ってもらえなかったら無駄なだけだ。それで、今は特許の変わりに著作権に切り換え、本として出している。これまでも、「田がめのたわごと」「自然はうまくできている」などの本を出版した。

私の会社でやっているようなことは、特に自動車業界では、全然扱って頂けないのである。

たまたま新しい技術ができたといっても、実績のないものを使って問題が起きては困るので、長期間テストしたものしか採用できない。

これは、この後に行くドイツで聞いた話だが、ベンツでもワーゲンでも、最低15年はテストするとか。だから、

「自動車メーカーには新しい技術は持って行くな。テストしている間に、特許が切れてしまう」と言われた。


仕方がないので、日本はたえずドイツを追っているから、ドイツを見に行こうと思いついた。日本より何年か先を行っているドイツがどうなっているか、知りたいと思った。

そこで、ドイツにツアーで行く人がいないか探したら、たまたまドイツ語を話せる人が2人で行くということを知り、一緒に行くことになった。

現地に着くと、ドイツのシュナールという会社に連れて行ってもらった。見学したところ、そこのメッキはやはり違うのである。

私はそれまでも本を読んで考えて、あらゆるメッキを自分でやってきたのだが、ドイツに行ってみると液状が全然違う。

ちょっと変わったメッキをやっていたので、

「これは何だ」と訊いてみると、

「これにはテフロンを入れている」と言う。

「テフロンをどうやって入れるんだ?」と思い、2、3回通っていろいろ教えてもらった。

すると、

「こいつはな、オランダの特許がある。だが、基本的にはイギリスの、リーズの町のMという会社がやっているので、そこを紹介してやる」と言うので、紹介してもらった。


私はブロークンイングリッシュしか話せなかったが、イギリスに行くことにした。誰もやってないことで勝負せにゃしょうがないと思ったのである。ドキドキしながらヒースロー空港に降り立ち、ローカル線でリーズまで旅した。


実際行ってみたら、やはり液の色が違う。失礼にあたるので、どこの会社に行っても、見学しかしないようにしていた。液を見れば、だいたいどういうメッキでどうやっているというのがすぐ分かるので、訊く必要もなかったからだ。

ところが、そこで使用していたのは見たことのない液だったので、

「これは何だ?」と尋ねたら、それがテフロンだった。

見て駄目なら触ってみるか、あるいは舐めてみるとだいたい温度や液調がすぐ分かる

ので、どうしても分からないやつは、さりげなくサッとやってみる。

それからそこには何回も通って、社長には本当にお世話になった。それだけメッキの業界では、革新的な違いがあったわけである。今うちがこうしてあるのは、そのテフロンメッキのおかげなのだ。

ライセンスの交渉の際には、

「ロイヤリティを8パーセント」と言ってきた。そこで、

「売上の8パーセントなんて、とても日本じゃ無理だ。1パーセントか、せめて1．5パーセントだ。それ以外、飲めん」と言った。すると、

「他からはみんな8パーセントもらっている」と言うので、

「よそはよそ、うちはうち」と返すと、

「そんなの、ただみたいなもんだ」と言ってくるので、

「ただみたいなもんってことあるか。1パーセントは1パーセントだ。ただみたいなもんなら、ただにしろ」と言った。そして、

「材料を買うから、材料にそのぶん掛けてはどうか」と言うと、

「それだけ言うなら、まあいいわ」となって、結局ロイヤリティはゼロになった。

その前にも、

「8パーセントっていうなら、おまえのところの会社ごと買うぞ。幾らで売るか」と訊いたのだ。

その時の交渉を指南してくれたのが、ドイツの大手鉄鋼メーカーの財閥の御曹司だったホンベックという社長だった。ひょんなことで知り合って、彼が教えてくれた。

「ヨーロッパに交渉に来る時には、ファーストクラスで来いよ。間違っても、エコノミーなんかで来るじゃないぞ。それでは、商売にならない」と言われた。

ファーストクラスはその頃、100万円だったので、手が震えた。こっちは借金ばっかりでやっていた時期である。

それでも結果的には、その100万が生きてくるのだ。相手は、そこしか見ていないからである。

それから、

「泊まる所は、超一流の、格調の高いホテルの、3階へ泊まれ。2階までは会議室とかがあるから、ホテルの一番いい部屋は3階だ。3階のスイートルームに泊まれ」とも言われた。そうすると、交渉はどこでやるとなった時、

「それなら、私のホテルでどうだ」と言えばいい。スイートルームなので、飲み物も全部、そろっている。机の上にはいつも、ウエルカムフルーツがある。

それから、交渉の時は、絶対に一対一でやらず、通訳をつける。「通訳は誰々」といってサインさせるのだが、その時は、東海銀行のロンドン支店長を選んだ。そして、「そのように言うなら会社ごと買うが、幾らで売るんだ」と言ってやったら、相手は、「自分は、オンリープレジデントで、オーナーじゃない」と言うので、「じゃあ、オーナーと交渉する」と言った。結局、「いや、そんなわけにはいかない。それなら、ロイヤリティはゼロにします」となったわけだ。物事は何でも交渉である。

支店長は、「すごい交渉をするね」と言っていたが、「こっちも命がけよ」と答えた。

その時の宿銭は、東海銀行の支店長がいつも泊まるホテルのスイートルームで、一晩6万円という当時ではとても高値だった。案の定、はったりが効いたということだ。結果として、ロイヤリティ8パーセントを続けていたことを思うと、安いものである。

これはもう、秘技中の秘技かもしれないが、その辺のところは、今回、もう書いてもいいと思った。面白い人生訓だと。

航空券の話だが、外国で買うとずいぶん安くなる。アメリカからは、当時ファーストクラスでも往復で45万円だった。エコノミーだと5万円で、それも日本で買うよりだいぶん安かった。成田から発つ時は、アメリカに帰ることになる。

その当時、イギリスで有名なバーバリーのコートが、百貨店で買うと13万くらいだった。それをカナダで買うと4万5000円で、日本の3分の1くらい。

カナダ往復のエコノミークラスで5万円、バーバリーが4万5000円なら、合わせても10万以下だ。カナダまでバーバリーを買いに行くにもおつりが来るくらいだった。

ブラジルに行くのにも、JALでビジネスクラスだと60何万と高い。ところがブラジルから航空券を買うと、往復ファーストクラスで45万だ。全然違うのである。

だったら、1年に2、3回行くのだから向こうで買ったほうがいいと思って、帰りのビジネスクラスのチケットをパアにして、向こうでファーストクラスを往復買ってくるわけだ。

そういう理由で、それからは、おかげさまでファーストクラスだ。

現在でも、日本で買うとヨーロッパ往復100万以上だが、アメリカで買うと、遠回りすることになっても、50万あればファーストクラスに乗れるのだ。安いのである。

私は、ホテルにはほとんど泊まらないので、飛行機の中で寝るのだが、ファーストクラスだったらしっかり寝られる。時差を上手に使うと、ホテルに泊まる必要がない。寝て起きたら次の都市なので、夜行バスのようにファーストクラスを使うことにしている。

やっぱり比べてみると違いが分かる。JALでも、25万キロか、それ以上乗るとチケットが変わる。たくさん乗るとグレードアップしてくれる。JALグローバルカードというのになって、普通のカードとは違う。待合室でも、ファーストクラスのほうが幸せである。ファーストクラブのラウンジでは、飲み放題食い放題だ。

エコノミークラスに乗っていても、そのカードをぽっと見せるとファーストクラスのラウンジへ入れてくれる。そういう制度があるのだ。

海外の商談には、とにかくフラッグカンパニーの飛行機で、ファーストクラスで来い、と教えてもらった。ドイツだったらルフトハンザかJAL。イギリスだったらプリティッシュエアウエイズか、JAL。アメリカはパンナムかノースウエストか。全部、特別なカードを持っていた。

そんな風に世界中をまわって、人脈を作った。

「お客さん、久しぶりだねえ」とか、

「今度はどちらへ」なんて職員が言うくらい、覚えてくれて顔見知りになった。

それほどよく飛行機に乗っている。


それから、これも教わった話だが、外国の会社は絶対に買ってはいけない。

なぜかというと、ヨーロッパでもどこでも、たいてい会社はすぐに首を切る。その代わりに、首になった従業員が次に就職するまでの、失業手当のようなものを、辞めた会社が全部払わなければならない。日本流で考えてしまうと、その制度でみんな失敗するのである。

私がイギリスの労働党の党首の出身地の町に行ったら、ちょうど、労働党の党首が亡くなった時だった。

「今日は何があるのか」と尋ねると、

「党首が亡くなられたんだ。ここの町の人でね」と言う。そこの町の失業率はどのくらいか聞くと、60パーセントということだった。

みんな、どうして食べてるんだと不思議に思った。ある人に、

「あんたの職業は？」と訊くと、

「失業者です」と言う。

「あんたの親父さんは？」

「失業者です」

「あんたのおじいさんは？」

「失業者です」

親子3代が失業者でも、食べていけるということだった。

それから、これは通訳に聞いた話だが、

「絶対に、こちらで土地を買っちゃ駄目だよ」と言われた。なぜかというと、イギリスでは全部50年の期限付きの使用権を買うのだという。50年たったら返さなければいけなくて、延長する場合は手続きが必要になる。その代わり、土地そのものは非常に安い。大きな会社でも、外国の会社を買って、何10年も前に退職した人の失業手当で大変な思いをしたそうだ。そういう事情を、情報として事前に教えてもらえなかったら、失敗

してしまう。

その時代の旅行費用は60万かかった。ロサンゼルスで買うと、往復5万で安かったが、日本で買うと30万かかる。それから、ホテル代なんかを足すと60万になり、ばかばかしい。「冗談じゃない。ホテルなんか、一晩泊まったら1万円だ。やめた」と言って、泊まるのはやめてしまった。

ある時、カナダのブリティッシュコロンビア州で相談して、排気ガス対策を向こうでやりましょうということになり、カナダの工場を紹介してもらった。

「どのくらいの費用がかかりますか」と尋ねられたので、

「100万円ぐらいだね」と答えた。そして、話し合ったところ、

「下手すると、叩かれるよ」と言われた。

その時、製品テストをしてくれたのが、カリフォルニアの環境センターだったのだが、「こりゃ、良すぎるぞ。もっとグレードダウンしろ」と言われた。それから、「NOx（窒素酸化物）もSOx（硫黄酸化物）も全部、同時に消えるなんて、こんなやつ珍しい。だけど気を付けろ。これは発表するな」とも言われた。

それは、知り合いのアメリカ人のエンジニアに検査依頼してもらったものだったが、「10パーセント以上の燃費が節約できるなんてもんは、絶対、出すんじゃないよ」と言われた。

そういういきさつがあって、環境庁長官や資源エネルギー庁長官など、5人ぐらい長官が出てきて、

「ぜひ、カナダで作ってくれ」と頼まれたのだったが、危ないと聞いたら震えがきてしまって、やめることにした。

その時は、ブリティッシュコロンビア大学のワトキンスという教授が、

「これとこれとこれは、気を付けなさい、これは大丈夫です」という具合に全部、教えてくれた。

「私たち、実はこれでやっています」と言うと、

「ああ、それはいいよ。おやりなさい」という具合だ。ワトキンス教授が、肝心なところは自分が教えてあげる、あとは助教授に訊いてくれ、と言って教えてもらえた。植物のことなどいろいろと教わって、本当にお世話になった。後述のノコソフトを作るのにも、とても参考になった。

それとは別に、2週間、イギリス政府のご招待で、イギリスに行ったことがある。その時にはたまたま、W大学の、当時は副学長であとで学長になられた、R教授と知り合いになった。排気ガスを再燃料化する、その装置を開発したというので、「ぜひ見せてください」と頼み、3回通った。

先生がおっしゃるには、

「諦めたほうがいいよ。これで、僕は本当にひどい目に遭った」とのことだった。

「君は僕ほど有名じゃないので大丈夫かと思うけれども、本当に、エネルギーと食料と医薬品のことは、気を付けないといけないよ」と教えてもらえた。

大学の教授なのに、そういうことを情報として知っているということは、これは結構、有名な話らしい。

カナダのバンクーバーに渡った時、

「イギリスの空港公団総裁が、会ってもいいとメールが来ています」と知らされた。

「今、カナダにいるから、帰りに寄る」とファクスを打って、バンクーバーの空港に行って、行先はヒースローだとパスポートを出した。すると、

「ミスタータカギ、今、本国からメールが入ったんです」と見せてくれた。

「ヒースロー空港のイミグレーションカウンターの外で、通訳が待ってるから、そこの指示に従ってくれ」と言う。

「分かりました」と答えると、今日はファーストクラスが取ってあるという。その後、飛行機が着陸態勢に入った時に、機内放送で、

「ミスタータカギ。今、地上から連絡が入って、ドアの外で係員が待っているので、その指示に従ってくれ」と言われ、一番に降ろしてくれた。

そして、空港公団の総裁と、排気ガス対策について話をしたが、

「実は、うちは排気ガスなんて、そんなもの全然、問題にしていない。だが、有鉛ハイオクの鉛の除去方法があったら教えてくれ」と言われた。

「もう一度、考えます」と答えたら、

「今日は、ホテルを用意してありますから。どうぞ、そちらでお休みください」と言われたが、

「この時間だったら、今まだ便があるので、帰ります」と答えた。すると、

「ええーっ。さすがに日本人だね」と言われてしまった。

そして、すぐに成田に帰った。ロンドン滞在時間は、2時間だった。

なぜ帰ったかというと、それは話が違ったというか、思惑が違ったからだ。イギリスの空港公団の総裁も、カナダの空港公団の総裁も、「鉛の除去方法があったら、ぜひ教えてくれ」と同じことを言った。排気ガスなんかは全然問題ではないということだ。

日本では、景気浮揚策で、車を買い替えてくれなければ困る。だから、そんなに簡単に対策ができては困るのだ。

有鉛ガソリンというと、日本でも、ハイオクには昔は全部、鉛が入っていた。四塩化鉛といって、鉛が入っていたが、今はその有鉛ガソリン、有鉛ハイオクはない。確か、航空燃料、飛行機用の燃料には、鉛が入っていた気がする。

だから、航空機の燃料のほうが環境負荷が大きいというのは、たぶん鉛が入っているからだろうと思う。

それにしても、私は、世の中の裏をずいぶん見せてもらった。

でもそのおかげで、危ない所に行っても機転が利いて、いつも無事に帰ってこられたのかもしれない。

外国でも観光地には、一度も行ったことがない。

普通は今日アメリカへ発つと、今日の朝に着く。それで、2社ぐらい打ち合わせをして、その晩、ヨーロッパに発つ。ヨーロッパでも2社ぐらい打ち合わせして、その晩、うちへ帰ってくる。

とは言え、女房と行った時には、アメリカで一晩、ドイツで一晩、泊まった。それは女房孝行のためであった。

時間が大事なので、観光地なんて回る暇もなかった。今のように、心の余裕がなかったせいもある。せかせかと仕事に追われるのも、面白いと思うのだ。それもありがたいことである。


お客さんが何を望んでいるか、お客さんのニーズを考えるのが、商売のポイントだと思うと述べたが、今、うちの最大のお得意さんはどこかというと、トヨタ自動車さんである。

トヨタ自動車がどこよりもいい電気自動車を作ってくれて、トヨタ自動車が伸びてくれれば、うちも少しずつ、おこぼれがいただけるわけだ。

テフロンメッキを教えてもらったおかげで、今は、テフロンメッキがうちのメインである。ライセンスがないと、本来そのメッキはできない。

素晴らしい技術だったのだが、導入当時はトヨタ系など大手会社にはまったく取り入れてもらえなかった。トヨタ系の会社の人事部長が技術の部所の担当を紹介してくれるというので、サンプルを3個持って行ったが、なんの音沙汰もなかった。

そこで、「テフロンメッキ始めました」と新聞広告を出した。

すぐに引き合いがあったのが、埼玉県の上場会社だ。今はドイツの会社に買収されてその会社の名前はなくなっている。

「新聞広告を見たけど、いっぺん来てくれないか」

と言う。

「今、うちは、メッキで困ってる。これならいけるかもしれないから、いくらかかってもいい、一万個、すぐにやってみてくれ」と言われた。

一万個作って持っていくと、

「よし、これに切り替えよう」

と、毎日トラックで搬入させてもらえるようになった。

その後、トヨタ系のある会社で、

「なんで埼玉の会社とそんなに取引をして、こちらには持ってこないんだ」とクレームがあった。たまたま得意先のＧＭに行った時に、やはり営業に来ていた埼玉の会社がそのメッキをしている部品を持っていて、

「そんないいメッキを、どこでしてもらっているんですか？」と訊いたようだ。するど、実はトヨタの地元の会社だったと分かって、すぐにうちに連絡してきたわけだ。

「○○さんのところに、サンプルを３個、納めてありますよ。おたくはまったく返事がなかったけど、あちらの会社はすぐに声をかけてくれました」と答えた。

「仕事をくださるところが、お客さんですからね」とも。

ところで、アメリカにカニゼンメッキという会社がある。日本カニゼンというのがセラミックを入れているが、今は、セラミックとテフロンを入れるのを両立してやっている。

とにかく、テフロンがなかったら今のうちはない。それぐらい、特殊なメッキである。人のやらないことをやらないと、後発メーカーはやっていけない。納期、品質と値段が重要なのだが、値段をまけたらやっていけない。

だから納期が勝負だと思ってやっていたが、他にも人のやらないことをやらにゃいかんと思って、いろいろ考えて特許を出した。でも、全く採用してもらえなかった。

そこで、外国の特許をライセンス契約をして、「ベンツはねえ、やってますよ」と言うと、スッと採用していただけた。また、「GMではね」と言っても、スポッと採用していただけた。だから、自分の技術プラス外国のレベルをたえずにらんでやってきた。

その頃はもうデュポンもあった。テフロン加工で有名なフランスのメーカーである。だけどテフロン、テフロンと言っているが、ポリテトラフルオロエチレンという、一般的にはＰＴＦＥというのが正式名称だ。テフロンというのは商標用のメーカーだから、本当はそのメーカー以外がテフロンと言ってはいけないのだ。ＰＴＦＥなのである。

トヨタでは、

「メッキのことなら、高木ん所に行って、聞いてこい」ということだったらしい。３日で2ミリのメッキを付けた実績があったせいである。普通だったら、せいぜい何百ミクロンしかできない。

「2ミリなんてこと、絶対できない。どうしてできたんだ」と訊いてくるので、「できてるんだから、いいじゃないですか」と答えた。それでも、いろいろ訊いてきた

ので、

「あなた方には、分からない。失敗したことがある人だけが、分かるんだ」と言ってやった。あちこちの人が、

「メッキのことなら、トヨタの高木の所行って聞いてこい」と言っていたが、

「私は、素人だよ。前職は警察官。素人ですよ。皆さんから、教えてもらっただけのことです。私の知っとることなら言いますけど、教えてもらったことは、説明まではできない」と答えておいた。

これもまたヒントだ。


後発メーカーは、どこにもない何かをひとつ、持っていないといけない。だから、私はあらゆる勉強をして、その中のこれだというものを持っている必要があると考えた。日本では教えてくれないので、全部、外国に行って教えてもらった。

私は注文があると、こちらから提案をする。

「ああ、そのメッキは、どこどこでやっていました。利点はどうで欠点はどうで」とか、

「これは駄目です」

「これは、このメッキがいいですよ」などと言う。すると、

「それじゃ、良いようにやってみてくれ」となる。

みなさん、「あそこが一番いいそうですよ」と評判を聞いてうちに来るわけだが、実は私の開発したものだと、全然使ってくれない。よそから買ってきて、ベンツが、とか、GMが使っている、と言うと、スッと仕事が来る。

だから、金を掛けてスイートルームに泊まる費用がかかっても、外国の技術を導入したほうが安上がりだ。

これからはダイヤモンドメッキ

今私が本当に出したいのは、摩擦係数が少ない、ナノダイヤモンドメッキだ。ダイヤモンドを入れるので、テフロンより滑りがいい。

ソ連が崩壊しかけた時に、グラスノスチという情報公開をしたが、その時にロシアの軍事技術の情報が出た。ロシアの戦車というのは、マイナス40度になっても大丈夫だ。グリスを使っていないのに、ものすごく強力なわけだ。それが何かというと、ナノダイヤモンドなのである。すごい発想だ。

岐阜大学の教授を紹介していただけたので、教えを乞いにいったのだが、難しくてちんぷんかんぷんだった。空気中で行うイオン窒化のようなもので、錯体がテーマとなった。それですぐにソ連大使館に行って、ダイヤモンドメッキというのをぜひ教えてくださいと頼んだ。

英語でいいかと訊かれ、

「いや日本語だ」と答えたところ、日本語ができる通訳を呼んできてくれて話をした。そして、ナノダイヤを紹介してくれることになった。

5ナノ以下のダイヤが、1カラット5万円だった。5ナノメーターというのは1ミリの100万分の5である。

それが1カラット5万円だったので、とりあえず5カラット買ってきてテストをしてみた。だが、(こんなに素材の値段が高くちゃ商売にならんわ)と思っていたら、だんだん安くなってきて、1グラム500円になってきた。工業用ダイヤモンドが安くなってきたのだ。

工業用ダイヤモンドは、取り扱いが非常に難しい。実物は黒くて、砂みたいに見えて、粒子が細かい。これをメッキ液の中にざっと入れると、メッキとして付くのである。

ところで、ダイヤモンドメッキは既にロシアの特許になっているので、こっちでは特許にならないから駄目だと言われた。

メタルの代わりにもベアリングの代わりにも、ダイヤモンドメッキはいいということは分かっている。減らずに、滑りがよくて、テフロンよりも相手材が傷付かない。テフロンよりも上だと分かった。だけど使ってもらえない。理由はロシアの特許だからか。

ロシアの技術というのは確立されたものなので、もう特許は出せない。でも実際にこれで部品をメッキすれば、すごい部品に生まれ変わるのだ。

そういうものが、これからの製品に採用されていくだろう。ロシアの軍事技術を使って装置が作られるということである。かなり寿命の長い素晴らしいモーターが、この技術でできてしまうということが見えている。今までの技術は、もう必要なくなる。だから、モーターを小型軽量化するにはダイヤモンドメッキしかないのである。軸受けにも、メタルとかベアリングの必要がない。

相手材を傷付けずに、非常に長持ちするので、もうグリスがいらない。油がいらないわけだ。その事実があるから、私はその技術を研究していた。

ピストンリングにダイヤモンドメッキすれば、かじらない。もう、先を行っているわけだ。

人との縁と引き寄せ

それから、人手がなかった時の話だが、その頃は外国にいる日本人かその子どもならば、就労ビザがすぐ出た。そこで、ブラジルに飛んだ。

その時に、日刊工業新聞の支店長に、

「ちょっと行ってくるけど」と言ったら、

「大丈夫かどうか、もう一度、調べておく。その代わり、全部情報くれ」と言われた。後に、私からの情報が日刊工業新聞の記事になった。

それで、サンパウロ大学まで行ってブラジル人を雇ってきた。日本で最初にブラジル人を雇ったのはうちである。外国人労働者は雇用できなかったが、日系二世なら大丈夫だった。サンパウロ大学を休学してきてくれた人もいた。彼は、うちで2年間働いていた。今はコンピューターの会社の、南米総支配人だそうだ。

当時は若い学生で、

「日本、いい所だね」と言っていた。頭も切れて優秀な人がうちで勉強していた。

それから、20年も前の話だけれども、ドイツを回っている時に、ある国の経団連の会

長と、ドイツのインターシティ（電車）の中で一緒になったことがある。相手が、

「ああ、あなたは日本の方ですか」と言うので、

「実は私は、こういうことやっていてね」と説明したら、

「ブラジルに行かれるのなら、帰りにちょっと寄れませんか」と言われた。そして、大学の何とかインスティテュートという所を紹介してもらって、そこに行ったこともある。

だから彼には、

「日本に来たら、寄れませんか」と言っておいた。彼は日本語と、ドイツ語と、ポルトガル語、英語、スペイン語と、5カ国語ができる。

「どれが一番、得意だね」と訊くと、

「スペイン語以外では、ドイツ語が一番、得意だね」と答えた。5カ国語がしゃべれるので、大統領が外国に行く時は、たいてい、

「私が通訳に行きます」と申し出たらしい。

それで、愛知万博の時に、

「日本においでよ。そして、講演してもらえないか」と頼んだら、

「じゃあ、行くわ」と来てくれた。

「大勢は困るが、30人ぐらいならいいよ」ということだったので30人ほど集めて、飯を

食べながら2時間ほど我が国の経済の現状について話をしてもらったこともあった。

「録音は駄目、、オフレコだがその代わり、言いたいこと言いますから」と言って、ちょっとヤバめなことも話してくれた。

「アメリカと付き合っても、絶対にろくなことはない」とか、

「わしらの同業者も、大変な目に遭っていて、倒産が多く、6分の1になりました。360軒あったのが、60軒に減っちゃいました」とか。関税が安いということで、アメリカから大手がどんどん来て、中小企業はみんなつぶれてしまったらしい。

やはり旅先でも、いろんな人に会うわけだ。

汽車の中でも飛行機の中でも、いろんな人と会った。これは目に見えない、引き合わせであり、本当に奇跡である。

ドクター・ホーンベックに会いにいくという時に、ドイツの汽車の中で、ある国の代表で国際会議に来た人とフランクフルトからたまたま乗り合わせて、いろいろ教えてもらったのがことの始まりである。

いろんな立場のいろんな人から教えていただけるのをありがたいと思う気持ちが、そ

ういう引き合わせを生み出しているのかもしれない。たまたま乗り合わせたというのは、やっぱり奇跡なのだ。

それから、東京に行った時の話だが、

「今日は忙しくて会えないけれども、あの人に会いたいな」と思いながら東京駅で降りて、地下鉄に乗ろうとした。私がゆっくり歩いていたら、向こうから、会いたいと思っていた人が来たのだ。

「おっ、今日あんたに会いたいと思っていたところだ。今日は駄目だろうと思ったけど、ここで会えて良かった」となったのだが、この引き寄せもすごい。数秒違ったら、会えなかったはずだ。

やっぱり、人生というのは、奇跡の連続じゃないかなとつくづく思うのだ。

たまたま、明窓出版の先代社長と知り合ったおかげで本を出すことになったが、でも、たまたまは、実は、たまたまじゃないかもしれない。

そして最初に、『エッセイ集 窓 第17集』(明窓出版)という本に原稿を載せてもらった。恥ずかしかったが、「本をひとつ出せ」と言われたおかげである。

講師を頼まれて東京で話をした時に、千葉のSさんがいくつも質問してきて、それで知り合いになった。

幕張で第2回ナノテク展というのがあった時、出展者が少なくて困っているという時だった。各都道府県から5ブースずつ出展するということになっていたらしい。

1月に、新聞を見て事務局に電話してみたところ、

「出展者がなくて、困っている」と言う。展示会があるのが2月の初旬だったので、一週間くらいしか準備期間がない。けれども、

「ブースの準備はいらない、お金もかからないので、頼むから出してくれ」と言われた。

そこで、

「それなら出ましょう」と答えて、スギとマツ、ヒノキの花粉、シイタケやツクシの胞子を炭にして、それで電気がつきますよ、というのを出展した。桜島のシラス（白砂）も、駄目になった乾電池に塗れば復活させられる。

写真を付けて、これがこうなりますよという簡単な説明だけだったが。

後述するカタリーズを塗装した乾電池も、ダンボールにいっぱい持っていって配布して、もらって頂いた。

名刺を800枚、カタログを500枚持っていったが、すぐに足りなくなり、カタログは

コピーしたものを渡した。

だが私も毎日は行けないので、アルバイトの子を頼めないか、と事務所に言ったところ、1人の女性をよこしてくれた。

その子がシンガポールからの帰国子女で、英語がペラペラだった。外国人にも彼女が説明してくれて、集客力ナンバーワンになり、喜んでもらえた。

出展していた各都道府県の中でも、愛知県が一番になってほめてもらえた。


その時に3日間通って質問してきたのが、そのSさんという方だ。それで親しくなって、今だにいろいろ情報をくださる。それから、単極磁石の進藤さんを教えてくれたのも、Sさんである。明窓出版の社長さんを紹介してくれたのも、Sさんだ。1989年から、ずーっと付き合っている。招き猫のような人だ。


人の縁も、何十年の時を越えて続くので、ありがたく、面白いものである。

おかげで、NHKにも出演させてもらった。だがその中で一番悪かったのは、選挙の後の『政治は変わるか』という番組に出たことだ。青森と、東京と、名古屋と、広島と、福岡の5元中継だった。

「高木さん、来てくれないか」と声が掛かったので、

「政治番組はいやだ」と言ったのだが、編集長から、

「あなたならあがらないから、大丈夫だろう」

とお願いされ、出演することになった。

「何をしゃべってもいいか？」と確認したら、

「いい」と言うので、

「それなら、分かった」と引き受けた。

その時のテーマの政治は変わるかという質問に、私は、

「変わらない」と答えた。

「とにかく政治が変わると、金がかかる。金がかかるなら、税金で取ればいいじゃないか。個人献金をやめさせれば、金がなくなるに決まってるから」と言ったところ、民間でこういう声があったと言って、すぐ次の選挙から、政党助成金が出るようになってしまったのだ。これは、（しまったなぁ。まずいこと言ったなぁ）と思った。

個人献金もあり、政党助成金も出るというのでは、ダブルになってしまう。民間からこういう声があった、と都合よく利用されてしまい、裏切られたのだ。

『政治は変わるか』ではいろんな意見があったけれど、

「現状の体制では変わるはずがない」と私は言ったわけだ。

なぜそう言ったかは覚えていないが、一番記憶にあるのは、

「政治資金がいるなら、国費で出したらいいじゃないか」と発言したことだ。

そうしたら、民意だということで政党助成金が一発でできてしまった。それだけ、NHKでの意見には影響力があった。悪いことを言ってしまったと思った。

思い出すと本当に不思議なことばかりで、人の経験したことのないことが、たくさんある。

娘の結婚

我が家には娘が2人いるのだが、家業を続けるために上の娘に婿をとった。今の社長は婿さんである。

上の娘の婿さん探しに際しては、あちこち頼んでまわった。

婿をとろうと決めた時、ホテルニューオータニ創業者の大谷重工の御曹司で、大谷先生という東洋大学の教授に紹介を頼んだ。

「あんたの教え子で、いい学生さんいないかね」と訊いたら、快く探して頂けることになった。

ところが、他のつてから、来てくれる人が決まった。そこで、

「先生、いろいろ頼んでいたけど、こっちで決まりました。ありがとうございました」

と言うと、大谷先生は、

「あ、そうかね。良かったね。で、その人、背が高くて、眼鏡、掛けてみえますね」と言う。

「ええっ?」と驚いたら、

「その人、ちょっと問題がありますからね。名古屋に行った時に、お目にかかりましょう」

とおっしゃる。

それで名古屋で会った時、大谷先生は、婿さん候補の人に、

「あなたは、今、親御さんが800万ぐらいの支度をしているはずだけど、これからあなたはね、人生の修羅場へ行く。そういう大事な時だ。心して、うちを出る時には、身一つで全てを棄てて、相続放棄のはんこを押してきなさい」とおっしゃった。

「何も持ってきちゃいけません。ただね、式服と、身の周りのものだけは持ってきてもいいよ。他は一切、持ってこないように」と。そして、

「お父さん、それでいいですな」と私に言うので、

「ああ、それで結構です。こちらで全部、調えますから、いいです」と答えた。

「それじゃあ、今、乗ってる車はどうですか？」と婿さん候補が訊くので、

「ああ、そのぐらいはいい」と言うと、

「じゃあ、ステレオが好きだから、ステレオと車だけは持ってくる」となった。先生は、

「新たに買うじゃないよ。乗っている車を持ってきなさい」と言われた。そして、

「人生には、いろんな岐路があります。その時に、いいほうを取るか、悪いほうを取るか。それが人生の分かれ道だ。安易な方向を考えたら、それは絶対にマイナスになります。これは難しいな、っていうほうを選びなさい」ともおっしゃった。

「絶えず徳積みをしなさいよ。徳積みは、いつでもしておかないといけない。人生ではいくつもの岐路がある。いいほうを選ぶか、悪いほうを選ぶか。悪いほうを選んだら、とんでもない悪い道に行ってしまう。いいほうを選んだら、ずーっと将来にわたって、どえらい開きが出てくる。徳積みというのは自分のことではなく、世のため人のためです。奉仕をしなさい。奉仕イコール徳だ。あなたには、それが必要だ」とおっしゃった。

なるほど大谷先生の言う通りだったなあ、とときどき思い出し、本人に、

「おい、大谷先生の言ったこと分かっているか?」と思い出させるようにしている。

私が言っていたら駄目で、よその大学教授が言ったことだからいいのだ。

大谷教授は、

「私も大谷重工の御曹司である時には、浅草の浅草寺《せんそう》の僧侶にも、頭を下げて迎えてもらった。だが会社がなくなったら見向きもせず、行っても相手にしてくれませんでね。それで、人生の無常を感じて3年間京都で修行した。それで見えんものが見えるようになってきた」とおっしゃっていた。

婿さんは、初めは、

「そんなとこいやだ」と言って、うちに来るのを嫌がったらしいが、たまたま勤め先が

倒産して行く所がなくなってしまった。それだったら、じゃあ行くかということで、うちに来てくれることになったそうだ。

これもタイミングであり、奇跡ではないだろうか。

婿さん探しを頼んだ時、

（できることならこの辺で名古屋大学の工学部出て、金属の勉強をしてきた人が来てくれたら一番いいんだけれども、無理だよなあ）と思っていたら、さる人が八丁味噌の社長を紹介してくれた。

私の知り合いと一緒に育っていた人が、たまたまその店をやってたので、ちょっと寄ってみた。行く所行く所で、

「実は娘にいい婿さん探してるので、頼む」と言って回っていたのだ。そうしたら、

「そう言えば、隣のおっかさんが、そんなこと言っとったぞ」という話が出たので、

「いっぺんお願いします」と言ったら、最初はすぐに断りの返事が来た。だが勤め先の倒産があって、話がとんとんと進んでしまったわけだ。

不思議なもので、聞いてみたら名古屋大学の金属関係を出ているということだった。

結局、私が思った通りの、いい方向いい方向に行ったなあと思った。

本当に、一番いい道ばかりを選ばせてもらったように思う。
今、婿さんに大谷先生に言われたことを
「あれ、覚えてるか」と訊いてみたら、
「いや、覚えてない」と言う。だから、
「そういうことでは、おまえ、駄目だわ」と言ってやった。

人生の岐路に、大谷先生といういい人に、私も巡り合い、婿も巡り合ったおかげで今がある。

脳こうそくと癌を乗り越えて

私は、53歳の時に脳梗塞になった。

運転中にハンドルが右に曲がるので、おかしいなと思ったが、戻しても戻しても、右に曲がってくる。

「おかしいなあ、頭も痛い。早く家に帰らないと」と急いで帰って車から出ようと思ったら、目が回って歩けない。這うようにして家に入ったが、一向におさまらない。

そこで、

「おい、ちょっと医者呼んでくれ」と言ったら、女房は、

「今ならまだ医者やってるから、自分で行っておいで」と言う。

「行けるぐらいなら、呼べって言いやせん。間に合わんから、すぐ救急車呼べ」と救急車を呼ばせたら、これまた運よく、夜間病院の当直がたまたま脳梗塞の専門の先生だった。

とにかく、何が起こったか分からないが、頭が痛い。救急車の中で、病院までもつかなあと思った。

なんとか病院に着いて説明したら、吐き気や他の症状から言うと間違いなく脳梗塞だと、医者はそう言った。検査をしたら、やはり脳梗塞ですぐに入院になったが、処置が早かったのでよかった。

後遺症が左手にわずかに残ったが、たったの3日で退院した。家には借金があって目が回りそうなのに、こんな所にいつまでもいられない、と。

早く気がついたのでよかったけれど、あれでもう何時間か遅かったら、リハビリに通わないといけないくらい、大変なことになっていたと思う。

たまたまだけど、脳梗塞の専門の先生ともすごいめぐり合わせだった。でも面白いのは、脳梗塞にはなってしまうのだ。きっとそれも、学びを得る経験をさせられるということなのだろう。

それから、今度はだんだんやせてきて、あちこち痛みなどの自覚症状が出てきた。喉頭癌だろうか、とにかく、食べると喉の所で詰まった。声もおかしくなってきて、そのうち出なくなった。しかし今ここで入院なんかしていられないし、もう行くとこまで行くかと思ったけれど、どうにも喉が痛くて我慢できなくなった。

さすがに、

「ちょっと耳鼻科行ってくるわ」と病院に行ってみたら、鼻からカメラを入れられて、横の画面を見たら、素人が見てもこれは癌だと思った。

「はっきり言うけど、これ癌だね。紹介するから、すぐに癌センターに行け」と言われたが、私が考えても、癌センターに行ったら帰ってこられなくなりそうだったので、お断りした。


うちはブラジルから従業員を雇い入れていて、南米にも行っている。その時、ブラジルに癌に効くキノコができたという話を聞いていたので、ちょっと調べてみようと思い、ブラジルに行ってそのキノコの乾燥したやつを買ってきた。1キロ16万した。煎じて飲めと言われ、

「16万はちょっと高いから、半分もらうわ」と500グラム買ってきた。それで本当に治り、あっちもこっちも調子がよくなった。

だが、それで癌が治ったんじゃない、おさまっただけだと思っている。なぜなら、これが不思議なことに、癌の話をすると、つまり思い出すと、すぐに喉に来る。

同級生の女の子が、

「高木さん、あんた癌のキノコ持ってたね」と言うので、何でだと訊いたら、

「友達が今、癌センターに入ってるんだけど、手術ができんで困った、って言ってる。

それで、癌に効くキノコちょっと分けてくれません？」と言ってきた。だが、私は、

「ちょっと待てよ、その人は癌じゃないぞ」と言った。だが、

「そんな馬鹿なこと言ったって、癌センターに入院してるのよ。もう手術もできないで困っているから、頼むわ」と彼女は言った。それでも、

「俺の癌に反応がないから、癌じゃないぞ。もういっぺん調べてもらえ」と言うと、飛び出て行ってしまった。その後、実際にもう一度調べてもらったら、

「あれおかしい。見違いだったか、癌がない」ということになった。

要するに、癌にも意識があるので、通信をするわけだ。だから、本当の癌の話をすると響きがある。見舞いに行くと、癌の人がどのくらいの状態なのか、すぐに分かる。

それから、誰も葬式の好きな人はいないけれど、私は葬式に行くと困ってしまう。その人がどこが悪くて死んだのか、すぐ分かるからだ。体のことまで分かってしまうので、困るのだ。

親戚の葬式に行ったら、ものすごく頭が痛くなってきて、とにかく吐き気がしてどう

しようもない。申し訳ないけど帰らせてもらったが、死因は急激な脳梗塞だった。それが自分にも来てしまうのだ。

あ、この人胃癌だなとか、聞かなくてもだいたい分かる。胃がやっぱり感じるので、なんとなく分かってしまう。これは異常体質なのだろうかと思う。

それは、最近になってからではなくて、私が癌になる前から、気がつくようになっていた。亡くなった人の死因もだいたい分かるようになったのだ。

それが分かるために、自分自身が癌になったのかもしれない。どうしてだかはわからない。

今でも、自分の喉に癌があるのか知らない。だが、とにかく喉へ、通信が入るのだ。

時代の変遷と技術開発

公害問題とは

やがて公害問題がクローズアップされ、特にメッキ業は一番問題視されることとなってしまった。50トンの排水が出る場合は届けが必要とのこと。

しかし、うちは排水をしなくてもいい方法でやっていたのに信じてもらえなかった。クロムメッキは水が蒸発し、排水もなかったのである。

タンクがどこからでも見えるようにしなくてはならないという御指摘により大工事をすることになった。

バブルの頃で、銀行はいくらでもお金を貸すと言っていたが、支店長が代わって、たくさんは借りられなくなった。その時はお願いした建築家のおかげで、国の資金を回してもらえたが、大借金をすることとなる。

公害防止法ができて、そのうちクロムも対象となった。クロムに変わるものとしてプラズマ溶射（ふきつけ）の研究を始めることになった。溶射の設備を輸入するのに半年かかるという。最初の取引なのでまずは現金で半額くれと言われた。半年もかかるのに、最初に半額を支払うなんておかしいと思ったが、それでも買い入れた。ところが、その機械を扱っている所が、うちのお客さんをとってしまったのである。そんなこともあって、１０００万ほども損をしてしまったのだ。

焦りからくる無駄使いだったが、お得意さんにも気を付けるように注意される始末だった。そのうちに、大会社も参入してきたのでその開発はやめることにした。

６メートルのシャフトメッキを導入したこともある。研磨機に２０００万をかけたが、まったく仕事がこなかった。この借金の返済は本当にたいへんだったと、女房が今も泣く。この頃は、景気が上向きだったので、奇跡的に助かったのである。

銀行の支店長に、借入金返済をのばしてもらいに行った時のことだ。

「これからはね、担保ではなく社長のビジョンに対して金を出します。あなたの会社のビジョンは？」と尋ねられ、いろいろな企画などを説明をすると、

「判りました。その将来性について必要なだけお出ししましょう。そのかわり、会社を続けるのならば、確実に返済しなさい」と言って、思いもかけず追加でお金を貸して頂

けた。そして、
「おたくは3年も立ったら上場できるでしょう」とも言ってくれた。
その支店長がいなかったらギブアップのところだった。半年で本店の重役になっていかれた。

そして工場もでき、ブラジルからの助っ人にも来てもらえ、テフロン、セラミック、ダイヤモンドなどの複合メッキ技術が営業をしてくれるようになり、口コミで仕事が頂けるようになった次第である。

この間の事情だけでも小説にでできるようなエピソードとドラマの連続であった。銀行の支店長さんに教えて頂いたビジョン。そう、新しい技術を導入し、開発し、常に次に向うビジョン作りを目指して来た。

やはり企業はそうあるべきではなかろうか。

作業工程にしても、自動化にしても、代替技術にしても、たえず経営を考え、世界に貢献できる、世界に勝てる企業作りが不可欠であり、更にコストダウンの要請に立向かわなければならない。

コストダウンといえば、毎年次《まいねんじ》の要求がある。コストダウンに対するには材料費、人件費を削るのではなく、材料も一段良いものを使い、従業員は1人増して、一工程増えても、不良品を絶対出さない方がいいのである。

その結果、不良がなくなれば、頻繁に選別検査を行うよりよほどコストダウンになる。より良い物を使い、また新しい高品質のものを提供することの方が、自社にもお得意様にも喜ばしいことだと考えるのだ。

そして、『社是　絶え間ざる技術開発を行い、お得意様を通じて人類社会に貢献する、たえず考える企業へ』をモットーにしてきた。

またそんなことから、「捨てる物をいかに生かすか」を考え、『産業廃棄物が世界を救う』という、自然はうまくできていることを本にまとめたわけである。

排気ガス対策

かつて硅素医学会で、ケイ素のパワーについてお話させて頂いたことがある。

その要旨は次のようなものである。

とにかく医療に、農業に、環境浄化に、電気的に、工業的に、その他種々の方面にすばらしい効果を発揮する。排気ガスも無害化できる。

先ず電気的には、水の中へ入れ、加熱又は振動攪拌すれば水を分解し、水素酸素を発生することができる。電気分解の代わりである。

即ち、電気分解をすることであり、電気を発生しているとするならば、ケイ素は電気を発生させるものであり、方法を考えれば電気として取り出せるはずである。

炭素しかり。ゲルマニウムもまた、炭素属元素には電気を作り出す力があるということではなかろうか。

有機溶剤トリクレン取扱技術の開発

トリクレンは害があるから使えなくなるという話が出てきたので、無害になるように開発をして、特許を申請しようとしたら、

「やめとけ、目的が違う」と言われた。

トリクレンは比重が水よりも重く、蒸発させるとオゾン層を破壊すると言われたが、そうではないと思う。目的は別のことではないかと思う。だが、間もなく禁止になりそうな気配もあったので、中止にした。

産業廃棄物の有効利用とは

これについては、今もよく考えている。

以前、産業廃棄物から電気が採れるという論文を書き、ある学会で発表したら、座長であった教授が、

「業者ごときがおかしな文章を並べてなにを言っているんだ。神聖な学会を侮辱するのか」と怒って言ったことがある。私も頭にきて、

「大学教授ごときがなにを言うか。我々の開発に、大学がなんの協力をしてくれるというのか。私は開発に携わる時には、最先端の外国の技術を学びにいっている」と言い返すと、除名処分になってしまった。学会などというものは仲良しクラブであり、学術機関は本当に頭が固くて話にならないと思った。

私は外国で興味のある技術があると、大使館に行って企業や学校を紹介してもらって視察にも行った。カナダのブリティッシュコロンビア大学に行って調べたりもしていたのだ。それを業者ごときなどと言われ、悲しくなった。

発明クラブでもそうしたことがあって、非常にがっかりしてしまった。

ノコソフト

ノコソフト（ＮＯｘ ＣＯｘ ＳＯＦＴ）とは、排気ガスの浄化を目的とした添加剤である。油性処理したものを燃料に添加すると、ディーゼル車の排煙ＮＯｘ（ＮＯ、ＮＯ２など）、ＣＯｘ（ＣＯ、ＣＯ２）などの数値を低減させる。

また、水性処理したものを鋳物砂に添加すると、アンモニアガス、フェノールガス、フォルマリンガスなどの有害ガスや排煙を減らすことができた。

一方、消火用の水に添加すると、黒煙と有害ガスを減らすことができることから、救命用消化防煙剤として、消火活動にあたる消防士や、被災者の救命用として利用できる。

アメリカカリフォルニアの環境研究所で調べてもらったが、ＮＯｘ、ＣＯｘ、ＳＯｘが同時に下がって燃費が２割も上がるとのことだった。

同級生が、国鉄バスの社長をやっていたので、使ってみてくれないかと頼んだら引き受けてくれて、「これはいい」とお墨付きをもらった。ガラスの曇り取りにもなる。

だが、こんなことを発表すると身が危険になるのでやめとけと言われた。燃費が１割以上よくなるのは駄目だと。案の定、やってきた。

ノコソフトには、木のエキスとアルコールが使われているので、燃料にアルコールはないだろうと、圧力がかかり、やめることにした。

消防庁の科学研究所所長からクレームがきた。消防関係の検査機関がないので、安全なものどうかの検査はそちらでやれと。そこで中止した。

ゴキサラバ

ゴキブリが嫌うような植物のエキスでスプレーを作った。それを散布するといなくなるのだ。業者に売ってもらおうとしたら、逃がすだけでは、他に行ってしまうので駄目だと言われた。

内緒で美容院のマットに使ってもらっていたが、卵がなくなり、ゴキブリがいなくなったとずいぶんと喜ばれた。しかし、商品にはならなかった。

貝サラバ

船の底に塗る塗料として開発した。これを塗ると、貝がくっつかないのだ。貝や海藻がついても、5ノット走ると落ちる。

素晴らしいものだと思ったが、嫌がらせを受けて断念した。こんなものが発売されたら、業者も困るということらしい。

新規参入というのは難しい。画期的な開発をするほど、迂闊《うかつ》に動いてはいけない。いいものほど潰されるとも言える。薬事法をクリアするのも難しいことが多い。

カタリーズ

20年ほど前に、車の排気ガスが問題になり始めた時、「カタリーズ」という商品名で、ディーゼル車の排気ガスの対策をする塗料を発売したことがある。これは数種類の鉱石の粉を塗料に混ぜて、車の或る部分、最終的にはラジエターの一番塗り易い部分に100平方センチメートルくらい塗装することで効果があることを確認した。

そこで本業である「メッキ」での解決を試してみることにし、ナノ化した数種類の鉱石を複合させた「鉱石メッキ」を実現した。

そして、知り合いにバッテリーの極に付けて試用してもらったところ、非常に良い結果の報告を受けた。

例えば、出足が良くなった、車がスムーズに動くようになった、燃費が良くなった、などなど。

変化がないという人にも尋ねてみたところ、それでもスピードが出るようになった、とのことであった。今迄通りアクセルを踏むと、燃費は変わらずスピードが出ると言う。もしかしたら、希薄燃料が可能なのかもしれない。

装着は、バッテリーの＋《プラス》極にセットするだけである。

当初はワッシャーに鉱石複合メッキしたものを、ナットを外してワッシャーを取り付ける方法で使用したが、女性や年配者は自分で取付けできずに人に頼んで装着するので、車検やバッテリー取替えの時に取り忘れることが多いということだった。

そこで、磁石にメッキしたところ、誰でも着脱が可能となり、更に効果も一段と向上し、燃費も１０％ほどアップしたと報告を受けている。

しかし、バッテリーの電圧も電流も変化はなかった、と計測結果の報告を受けた。

カタリーズ（鉱石塗料）は排気ガス対策が目的だったが、実は塗料に混入前の粉の上に、駄目になった乾電池を置いたら、電池が復活し再使用可能となるという効果もあった。

そんな折、知人から駄目になった乾電池にカタリーズを塗ったら復活した、と報告が入った。

鉱石には乾電池の起動回復能力があることを確認したので、お願いして市の廃品場から車に一杯の払下げを受けて、表面積の1%ほどにカタリーズを塗ってみた。すると、早いもの（電圧低下の少ないもの）は数日、遅いもので1カ月くらいで大部分が使用可能に回復した。そこで市に寄付を申し出たところ、

「こんなものができては困る。これは危険物だね。危険物でなくなったという証明をつけてくれ」

などと言われたので、情けなくなった。

発明クラブにもたくさん持っていって、

「こうして塗れば、回復するんですよ」と説明したが、

「危険でないと保証できるのか」と言われ、（これが発明クラブか？）と憤懣《ふんまん》やるかたない気持ちになった。

電池の回復の件は中止し、回復品は船井オープンワールドというイベントでお持ち帰り頂けた。

ところが東日本大震災を機に、誰でもできる採電の要を感じ、再び簡単に誰でもできる電気の取り出し方の1つとしての試みを始めた。

カタリーズ2（波動充電）

触媒塗料カタリーズについて、電池式腕時計の充電への効力を前著でも報告した。

さまざまな効果があるが、いずれにしても長時間を必要とするという難点があった。

この欠点を克服すべく、塗装のみならず複合メッキの方法にも着目し、ナノサイズの鉱石粉を金属メッキに複合して試してみたところ、見た目もきれいであり取り扱いにも容易であった。

しかし、やはり時間的にも満足できるものではなかった。

そのうちに、前述のように、カタリーズで機能回復させた乾電池を船井オープンワールドというイベントで大勢の人にお試しいただいた。

そのご縁で、船井幸雄先生より、

「見た目もきれいで、機能的にもよさそうだから、金と銀のメッキを貼りあわせたらどうか」とアドバイスをいただき、更に持ってみたくなる品にしてみたらどうかと思い、ダイアモンドカットの鉱石をはめ込んだものに仕上げてみた。好評であり、かつ多方面に利用価値があるとの報告をいただいたけれども、電池の回復としては満足できるものではなかった。

そこで、まずコイルを接続してみたらどうかと考え、円盤にコイルを溶接し鉱石複合金メッキをしたものを作ってみたところ、折よく自分の腕時計が止まる寸前であったので、動かなくなったのを見極めて、午後10時過ぎにコイルの中へ停止したばかりの腕時計を入れておいたところ、翌朝6時頃、再起動しているのを確認した。

この時計はその後、1年6カ月少々正確に時を刻み再停止した。

今度はいつ止まったか気づかずにいたため、10日ほどコイルに入れたが再起動は認められなかった。

外国勤務の甥が、

「おじさん、時計が止まったのでこの上へ置いていたところいつの間にか動いていたからこれはいいよ」と言っていたので効果はあると思うが、数時間、できれば今少し早い充電ができないかと思う。

今、私の腕で動いているのは、二代目の、停止して一晩充電の時計であるが、2カ月に一度コイルの中に入れていたらどのくらい保つかをテストしているところであり、現在10カ月目である。

また、二次電池についてはカタリーズで回復可能であったけれども、長時間を必要とするので実用には適さないと考えられた。

ところがYさん（特に名前を伏せてくれとのこと）と、今1人Tさんとおっしゃる方から素晴らしいアイデアをいただき実験中であるが、運転中に充電できて実用に供する可能性が出てきた。改良の余地があるもののかなり有望であると考えられる。

前著でも説明した通り、カタリーズとは排気ガス対策にもなるが、当初は本業のメッキ用に開発したものである。

メインの仕事である自動車部品に波動の高い鉱石をメッキに複合して装着したら、エンジンの燃焼効率を上げて、排気ガス対策にならないかと考えたが、効果はあってもメーカーさんが採用してくださらなければ駄目だ。

だれでもできるように、塗料に混ぜて部品に塗布すればどうかと考えて試してみたところ効果がみとめられたので、私の主催する『自然エネルギーを考える会』１５０人に試験をお願いしたところ、M会員から、

「エンジンの燃焼効率がよくなるのなら電池に塗ってみたらどうかと思って実行してみたら、駄目になった電池も再生した」という報告があった。

思えば、音も、光も、振動も、電気も全ては波動であり、目的に合わせた波動を提供すれば、音も、光も、鉱石も、振動も、電気に変換できるはずである。

Yさん、Tさん、Mさんもそのことを教えてくださったのだ。

更に考えれば、東日本大震災の放射性物質が含まれた土砂の置場所に困っているとのことであるが、陸から何キロか沖合にその土砂で浮州を作れば、何年も発電・充電のできる、すばらしい活用法も期待できるのではないかと考えるが、いかがなものであろうか。

磁石メッキリング

・平リングに鉱石粒子を複合メッキしたことを特徴とするものである。
・使用法：電源のあるものは、直流にあっては陽極に、交流にあっては一方の線に設置し、電源のないものについては、例えば点火プラグの頭部に設置する。
・効果：自動車のバッテリー＋極に設置した場合、電圧電流には変化はみられないが、燃費が10％～15％良くなる他、振動、音が低くなり、あまりアクセルを踏込まなくても走行する。
・これは希薄燃料でも爆発するものと思われる。
・チェンソー、草刈機など無電源の装置の点火プラグに小型リングを設置したところ、振動も少なくなり、刈る力、木を切る力など機械性能の向上を確認した。
・電動車椅子のバッテリーに設置したところ登坂能力の向上の報告があった。

・その他：その他大型リングにコイルをセットしたところ、乾電池の急回復を確認した。特に電池切れで止まった腕時計をコイルにセットしたら一夜にして動き始め、1年後の現在、正確に時を刻んでいることは前述した。

なお、数年前に止まったものについては、3日間セットしたが再生しなかった。

電池の再生について

電池の再生については前述したが、鉱石メッキリング付コイルにアンテナ線を近づけると、その効果が更に高まるのを確認した。

即ち起電力回復時間が30％以上早まるのである。

田んぼ発電

農家ではないので田を持つことができず、他人の田を借り上げても金属を埋めるわけにもいかず、ドラム缶田んぼでの実験である。

1電極当たり1．6ボルトを確認した。更に鉱石を入れたり、化学肥料、有機肥料によっても更に上ることを確認しているが、10アール当たりどれだけの電力が得られるのか、農家の方に試して頂きたいものである。

電位を上げれば作物にも有効であり、防虫効果も期待できると考えられるが、いかがであろうか。

やってみないことには確約できないが、目標としては10アール当り、３００キロワットを目指したい。

講演会の開催と講師招聘《しょうへい》

年に2回の講演会

『「メタルカラー」の時代』（小学館）を書かれた山根一眞先生が、ＮＨＫで「未来派宣言」という番組に出演されていた時、面白い先生だな、と思った。そこで、「ちょっと講演をお願いできないか」と訊いてみたら、ああいいよと来て頂けた。それが最初だった。

それから１年か２年ごとに講演を主催し始めて、最近は１年に２人ずつ呼んで講演をしてもらっていた。

私１人では、会いたいと言っても先生は来てくださらないが、「講演会をお願いできないか」と言うと来て頂けた。このノウハウは、ひとつの発明だと思う。

「この人の話は皆さんに聞かせたい、私もぜひ聞きたい」と思う人を、その時どきで呼ぶのだ。

「私の年金では高い講演料は払えないなあ、隠居はねえ、高い金払えなくて」と言うと、少ない講演料でも来て頂けた。

せっかくいただける年金なら、奉仕に使ってもいいじゃないかと思って、先生をお願いしている。結果、その他でもずうっと付き合いがある。いざとなったら、先生にちょっとお尋ねする。

その時の参加者やら先生からいただける情報というのはすごいから、講演料など安いものだ。

講演は大人気だが、入場料は常に無料だ。この辺では入場料を取っていたら誰も来ない。ここの人は、そのぐらいシビアだ。

エハン・デラヴィさんを呼んだ時に、船井幸雄さんが言ったらしいが、「豊田は人が集まらん。言われた1割だと思ってほぼ間違いない」とのことだった。だいたい30人来ると言われたら、3人だ。

その前に、「とにかく座ってみんなで話そう」と、「自然エネルギーを考える会」というのを作っていた。新しいものを作るとみんなに見せて、評価を仰ぐという会だったが、近くに住んでいた会員が30人だった。

その会が解散する時に、残金が50万あったので、その金で呼んで講演をやってもらったのが山根一眞先生だったわけだ。

それで、会員だけではもったいないので、「誰でもみんな連れてきてくれ」と言ったら、安城の公会堂が満員になってしまった。

山根先生がびっくりして、

「今日は何があるのですか?」と言うから、

「先生の講演だ」と言ったら驚かれた。


その次に呼んだのが、増田俊男氏である。

名古屋に来るついでに豊田にも寄ってくれと頼んだら、「名古屋で講演会をやる前の日に、夜ちょっと寄るか」と言ってくれた。300人入る大きいホテルで、最初は半分で仕切って、多くなったら増やそうと思っていたら、どんどん増えて、330人入ってしまった。

そして、これ以上は無理だとなって、増田俊男氏がびっくりしていた。

「船井さんに聞いていたけど、驚いた。これじゃあ、明日の名古屋の講演ががらがらだったら格好つかんなあ」と言っていた。

そして翌日、名古屋に行ったらすでにその講演が評判になっていて、また名古屋の国際ホテルが満員になってしまったそうだ。

「高木先生、えらいことになりました」と言っていた。それほど、すごい影響力だったのだ。

そういうことで、そんな方々と直接話せること以外に、参加者がみんないろいろ教えてくださるので、こんなに安いものはない。金は使いようである。1000円いただくよりも、よっぽど効果は高い。

エハン・デラヴィさんも呼んで、お客は3人かな、5人かなと思ったら150人来た。小規模なところでは、草柳大蔵先生にも、前日に頼んで寿司屋の2階でお話をしていただけた。

2016年6月には、

「まあ、私も年なのでこれで最後だよ」

と言って、保江邦夫博士という、本を出している方にお願いできた。

なぜ呼んだかというと、トヨタ自動車が、

「ホンダが飛行機を造るなら、うちはUFOやれ」

とプロジェクトを始めていて、そのメンバーの1人が保江邦夫博士だと、井口和基博士の本で読んだからである。

一月に一度、帝国ホテルで会合をもっていたという。

実は、トヨタではすでにUFOができていると私は思う。ロシアにも、アメリカにもあるようだ。だが、トヨタでは「上がっちゃまずい」ということではなかろうか。

井口和基博士と保江邦夫博士は、『物理で語り尽くすUFO・あの世・神様の世界』（ヒカルランド）という本をお書きになっている。

そこで、この人に一度お願いしてみようと思って、来て頂けたのが保江博士である。これは実は、宇宙船の技術について関心があったからである。

今はまだテスト段階だが、この技術を使うと、5センチ角ぐらいの発電モーターができる。それ自体が将来はモーターになるのだが、取りあえず今のところは充電器である。この5センチぐらいのものを車に積めば、バッテリー充電していくモーターができる。それがトヨタ自動車の将来の自動車ではなかろうか。水素自動車ではない。ましてや、ハイブリッドではないのだ。世界の主流は石油から電池になっているが、次は電池ももういらない時代になるのではなかろうか。トヨタの英二会長がUFOを作れというのは、そういう事情ではないだろうか。

排気ガス対策が問題になった時にいろいろ試して、排気ガスは簡単に止められることはわかっている。排気ガス対策に一番いいのは、植物のエキスだ。

植物のエキスを加工すると、燃費も上がるが、排気ガス対策になる。黒煙が、一発で消えてしまうのである。

だが、科学的にテストして調べる所がなかった。そこで、国鉄バスの名古屋の社長が私の同級生だったので、

「おい、ちょっとテストしてもらえないか」と頼んでみた。すると、

「こりゃいいけど、あかんぞ」と言うので、

「どうして」と訊くと、

「よく勉強しないと」と言う。それで、役所へ行ったら、

「排気ガスを調べる所は、日本にほとんどない」と言うのだ。

ただ、2カ所だけはあって、1カ所は筑波の自動車研究所で、もう1カ所は、輸入車協会という、輸入車の検査をするところだった。その上、1日2台しか検査できないので、ずっと順番待ちの状態で、もう入れない。

それで、ここで大事になってくるのが、前のトヨタの会長が言ったように、UFOの技術なのである。そのことを、講演の後に保江さんに訊いてみた。すると、トヨタの前

会長が亡くなったので、そのＵＦＯクラブは解散してしまったという。ただ、考えがそちらに向いているとはどういうことかというと、要するに、行き着く所は電気ではないのである。

では、何なのか？

いろいろやってみて、電池は自動充電できることがわかった。

電池が切れて止まった時計を、一晩コイルの中に入れておいたら、半年から1年半ぐらい動いている。これで、電池が切れても、バッテリーが駄目になっても、使えるようになるはずだと思った。それで、いろいろやってみて、電気がいらない技術で、電池のいらない電気自動車の時代が来るのではなかろうか。

法学部を出た私が、なんでこんなこと考えるのかと思うが、でも、どこかでできているはずなのだ。

そして、明窓出版の先代社長とエネルギー研究家の末松さんのおかげで、いろいろなことができた。

常温超伝導の大西義弘さんという人が、充電時間10秒で、2時間持つバッテリーを作っていたのだが、商品になったとは聞いていない。

また、もう1人、充電時間10秒というバッテリーを開発した、岡村さんという方がいる。原燃の理事であった方だ。某自動車メーカーが使っているけれども調子が良いようだから、トヨタにも紹介してくれないかな、と声をかけられた。

私のほうも、某メーカーの副社長に紹介していただき、研究所所長にもお会いすることができた。そこで、ある新しい装置を見せられたのだ。ただ、私は、(ここでできていることは、トヨタでもできているに違いない)と思っていた。

案の定、その後にプリウスが発表された。

これからはケイ素の時代

バッテリーが必要な時代の終わりは、もう、そう遠くない。

カタリーズがどういう仕組みかというと、シンプルだけれど、メッキが違うのだ。特殊なメッキが掛かっている。

それから、これをコップに貼ると、普通のコップの水がバッテリーになる。つまり水で、発電するのである。

これからは、ケイ素の時代であり、それがカタリーズなのだ。

そこで、カーバッテリーの外にこれを貼って、富士山ニニギさんこと橘高さんと一緒に実験してみた。もう完全に駄目になったものは駄目だが、中がショートしていない限り復活できる。

いつ作ったか、その日付を書いているのには意味があって、いつ作ったかがけっこう大事だったりするのだ。その時その時で、ちょっと波動が違うようで、配合する物が違ってくる。それで記録を取って、その後実験して、違いが出ればどれが一番いいかわかる。

これで、かなりの物ができるようになるんじゃないかなと思っている。

テネモスの飯島先生がやりきれなかったこの技術と、私の所で開発したカタリーズみたいなメッキの技術と、波動の技術が入る。

つまり、飯島さんの飯島モーターと、末松さんの物と、みんなの技術をいろいろ使っているということだ。私は素人なので、みんなに教えてもらって、気が付いただけである。

また、たまたまだが、私の弟が工学部を出てアイシンの設計課に入っていて、設計の専門家なので、弟にも教えてもらっている。

コンパクトにして、ちゃんと使っているのだ。

このモーターは電池の容量よりも、つまり入力よりも大きく出る。既にこれで、発電モーターになるのである。

飯島先生の所で、入力より出力のほうが多かったというのは凄いことである。

私も実験してそれを体験したが、そこまで技術は進んでいるのだ。

それで、皆さんの良いところを寄せ集めて使ってみると、いろんな物ができてくる。知花《ちばな》敏彦先生や清家《せいけ》新一先生など、そういう偉い先生方の本を勉強させてもらって、難解なあのお二方の技術を、あんまりお金を掛けないで、少しずつやっているのだ。

単極磁石とソマチット

これから先は、進藤さんの単極磁石がどうしても必要になってくる。これを本格的に使うと、どこから弾が飛んでくるか分からないが。

アメリカでも単極磁石ができたとあるサイエンス系の雑誌に書いてあったので、そこの編集長に電話をして、

「そんなもんは、30年も前に日本で作った人がいて、特許も取られている」と言ってやった。

ソマチットについて

さて、これからの石は何かというと、成分もあるが、ソマチットではなかろうか。

ソマチットとは、フランス人のガストン・ネサンが、自分が発明した顕微鏡で血液を見てみると、赤血球よりはるかに小さい、極小な生物が飛び回っていることがわかった。それがソマチットである。がんになると、そのソマチットがひとつもなくなってしまうとのことである。ソマチットがいれば、治るのである。

ソチマットは、火山灰の中にもたくさんいる。何万度になっても体の中にいて、何千年でも生き続けて、植物の中にも、動物の中にも、もちろん石の中にも入っている。

石の波動と言うけれど、石の波動は、要はソマチットのことなのだ。

「薬石効なく」と言うが、要はソマチットがいなくなったということではないか。

中には、ソマチットのことを万能キラー細胞と言う人もいて、

「ちょっと、あんたの万能キラー細胞は弱いようだから、10万ばかり入れておこうか」と注入するような、そういう医療になってきている。

ところで、末松式とか、飯島式とかを試してみたのだが、磁石の数をもう少しふやさないと駄目だ、となった。

深野一幸さんに誘われて、「じゃあ、行きますわ」と京都で湊《みなと》モーターの湊弘平さんにお会いした。

湊さんのも作ってみたけれど、あれもこれも結局は、最終的には小さな電源が必要になる。

そこで、電源がなくてもできることを考えなければ駄目だと思った。それにはやはり、単極磁石がどうしても要るので、今は単極磁石待ちなのである。単極磁石があれば、あとは、それを回転力として取り出すという造作をすればいいということだ。

相当薄い単極磁石が1枚ずつあればよいが、5センチぐらいのモーターができたら、次は自動車だ。とりあえずは充電器にして、その次は発電モーターになる。

その時には、自動車の車輪がなくなるのである。電気をうまく使えば浮くことができる、回ると浮くということである。

マークモーターではないけれど、高速で何万回転以上させると浮く、という話を聞いたことがあるかもしれないが、そういうことではない。

反重力なのである。これが、清家新一先生の技術なのである。それから、その単極磁石も、清家新一先生の技術である。

だが清家先生も進藤さんも、結局はものにならないうちに亡くなってしまった。

私は清家先生にも電話して、

「申し訳ないけど、本をお願いしたいんですけれど」と言ったら、

「もう、わしも本の梱包もできませんので。通販のほうへ任せましたのでね。通販のほうへお願いしてください」と言われた。

「そうですか、お大事にしてください」と言ったのだが、その後お亡くなりになった。

それで、メビウスコイルをやってみた。結局、メビウスコイルが浮遊体を作るのではと思ったのだ。

清家先生の本を読み、それから、加速学園の関英男先生の所に伺った。

「石の粉と水を入れると、電気がつきました」と持参したものを見せると、研究室に案内されて、

「これがね、ＵＦＯの原動力だよ」と言って見せてくれたのが、水晶だった。

日本で一番初めにＵＦＯに乗った人は関英男先生で、オスカー・マゴッチ氏と一緒に乗ったそうだ。

その時に、もう少し詳しく聞いてくれればよかったのだが、また来ればいいと思ったのだ。

ところが、お目にかかって一か月後にお亡くなりになってしまった。だから、私が最後の教え子だと思う。

前著にも書かせてもらったように、関英男先生は、ダブルポイントの水晶を使っておられた。

ソマチットが増えているのが、天然のダブルポイントではなかろうか。だが、非常に重いので、そんなものをずらっと並べるわけにはいかない。それに、これはそんなにたくさんはない。しかも、なにかピリピリくるものがある。

そこで、これを輪切りにしてやってみたら、それでも十分であった。

けれどもこのダブルポイントという水晶は天然で、探すといってもそんなにたくさんない。だから、これを輪切りにしてしまうのはもったいない。

そこで、普通の水晶を細目に輪切りにして使ったら、それでもよかったのだ。ダブルポイントでなくても普通の水晶で十分である。6角形だったらなおよい。天然の6角形は本当に素晴らしい。

メッキの中にも、もちろんソマチットが入っていて、メッキ液の中でも生きていられる。

何の中でも、どんな過酷な条件でも、酸でも、アルカリでも生きている。

ソマチットは生き物であるが、普通の感覚の生き物と違う。万物に宿っている。凄いことである。血液の1滴の中に、どれだけでも入っているというぐらい小さい。3万倍以上の顕微鏡でなければ、見えない。

生き物でメッキしていくと、世界が変わるということだ。

とにかく、物理的に電気がつく。発電して、ためるのである。これはぐるぐる回すのと同じ原理だ。

この前、岐阜でエコマテリアルという4回目の会議があった。このフォーラムにエントリーしませんか、と関西大学の教授が推薦してくださったので、参加することにした。テーマはエコマテリアルだけれど、私は難しいことは考えずに、出番のところで話しただけだった。

前回の本の最後のほうに掲載した、あの時の論文がこれである。だが、こんなところまでは、まだ通用しないようだ。

月の話と宇宙船

井出治さんは、何回か月の裏側の話をしてくれた。井出さんは月に行ったことがあるらしい。

彼の話では、月の裏側の道路はお花畑だという。自動車に車輪がない。自動車はビルの5階にすーっと上がっていって、ビルの駐車場に自動車がかけてあるという。

関英男さんがUFOの原動力と言って見せてくれたのが水晶だったが、これはケイ素だ、と言われた。その時から将来のエネルギーは炭素ではない、ケイ素だ、と思い、石をずっと追いかけている。

石のパワーとは何だ、と考えた時、要するに宇宙からのエネルギーを取り込むのはケイ素だと思うのだ。

それから、神坂新太郎先生の話だが、神坂先生は戦時中にUFOを作った人だ。

ドイツのラインホルトという人がいて、ドイツが負ける時にヒットラーが、「これは大事な科学者だから、保護してやってくれ」と言って、日本へ潜水艦で送り届けた。そのラインホルト氏が神坂新太郎先生と2人で戦時中にUFOを作った。

そして、ドイツのU2号という宇宙船を作ったのがビクトル・シャウベルガーだとか。

また井出治さんの話だが、彼が頼まれてNASAで講演をした時、ちょっと風変わりな紳士が4人来ていたそうだ。彼らは、写真に撮っても写らなかった。いったい何だ、と思ったらすうっといなくなってしまったらしい。

「あれは宇宙人じゃなかったかなぁ」と言っていた。

また、私が国際学会で発表した時にも、ちょっと風変わりな黒のスーツを着た人たちが3人で座っていた。だから井出治さんの話を聞いて、あれはひょっとしたら宇宙人じゃなかったかなあと思ったのである。見に来ていたんだ、と。

これは未踏科学国際フォーラムでのことである。

意識の違いが結果を変える

前著を出した時に、読者からのお便りや、直接の電話ももらった。内容は、具体的なことをもうちょっと知りたかったとか、けっこう技術的な質問が多かった。再現できるように、詳細なレシピが知りたいとか、何と何をいつ混ぜるのか、とか。

でも、これは秘中の秘なのである。教えることはできない。これは私独自の技術で、今のところ私しかできないし、従業員にも教えていない。

私の息子か孫がやってもいいって言うのだったら、秘中の秘とはいえ、いつかは免許皆伝してもいいとは思っているが、難しいだろう。

なぜかというと、意識が違うからだ。

それから、

「こんなもの効くのか？」と言う人には、絶対にあげては駄目である。

なぜなら、

「使ってみたが、駄目だった」と返ってくるからだ。

このところ、ケイ素ケイ素といっているが、意識の悪い人では使えない。石には意志があるからである。この辺は、知花さんのお話と同様になってくる。

私も、がんになった時には、医者に、

「すぐ紹介状書くから、がんセンターに行け」と言われたが、

「いいや。ブラジルのキノコがあるから」と断って、それを飲んだら治った。

このキノコも、他人に差し上げてみると、

「このおかげで治った」と言う人もいれば、

「やっぱり、駄目だった」と言う人もいる。最初に、

「こんなもの、効くのか」と言った人には、

「あんたには効かないから、やめておけ」と言うのだが、

「そんなこと言わんで、くれ。せっかくここまで来たんだから」と言われると仕方がない。

「けど、あんたには効かないよ。よくお詫びして、飲んでくださいよ」と言って渡すが、
やはり効かないのだ。

もはや時代は、量子論である。

私にとって経営とは

たゆまざる技術開発を行ない、お得意様を通じて人類社会に貢献する。

お得意様の要望に沿うべく研究、開発をして、２００件以上の特許申請をしたが、申請には費用もかさむ。更に開発したけれど、買って頂けるようになるまで、既存技術の変更には長期を要した。

そうした時間と検査費用の関係で、零細企業では無理であるのと、マスコミ報道などの情報を鵜呑みにして開発しても、目的をよく見極めないと、思わぬ失敗をしてしまう、ということがいやというほどわかった。

そのうちに、外部から技術導入したものは採用が早いことを知り、第１には外国技術を導入し、その技術を高める方がかえって費用も少なくてすむことがわかった。

しかし、53才で脳梗塞、63才でガンという診断を受けて、経営を息子に継がせ、民間療法により治ってから以降、自由発想によっていろいろなものを作り始めた。

費用をかけず、自分の小遣いの範囲でできることとし、商品にまでしなくても自分で楽しむ開発、実用に供する楽しみとするようになった。気楽な老後の楽しみにはまたとないことでありがたい。

いつも言うのだが、心を澄ませてみれば、だいたい人のことは分かる。これは警察の時と一緒だと思う。

心を澄ませる、自分の心をゼロにするとおのずと見えてくる。会社でも個人でも、結局は一緒だ。

それで、社長というのはこういうものか、と思うのだ。

ピンチの時こそチャンスである。

常にいくつかの選択肢があるので、たえず人のために考えておればいい。大谷先生の話ではないけれど、徳積みが大事なのだ。

徳積みというのは、とどのつまり人の役に立つというか、我を捨てるということなのである。そうすれば、自ずから見えてくるわけだ。これは、大谷先生のお教えでもある。

だから私は、いい先生になりたかった。本当は理科系の先生をやりたかった。先生だったら自分で自由に実験もできるし、子どもを教えることができる。こんないい商売はないじゃないかと思った。

だけど、こうしたいろいろなことで、最後はメッキ屋になっちゃったわけだ。メッキを始めて紆余曲折はあったけれども、いいお得意さんに恵まれ、本当にいい従業員に恵まれた。いわゆる事件もたくさんあったが。

ある時、従業員を募集していたら、応募の人が来た。電話をしてから来たのだが、会ってすぐ、その人に、

「あんたうちには向かんね」と言った。

「どうしてですか?」と言うので、

「会社に入ることは必要ない。ちょっと喫茶店行きましょう」と外に出たら、喫茶店に入る前に、また、

「何でですか?」と聞いてきた。私は、

「何でですかって、あんた分かるでしょう」と言った。そして、

「ずばり言いましょう。あんた会社いくつ潰してきた? 図星でしょう?」と言うと、

「えっ」と絶句してしまった。

見れば分かる。最初に目が合った時に分かる。直感なのである。

そしたら、

「いや、私もそう思いました。駄目だって言われると思いました」と言ってきた。なん

でそう思ったかと尋ねると、来た途端に、

「この会社は社長の目が行き届いとる。私の入る場はないな」と思ったと言っていた。

それは、その人がそれまで経営をしていたという意味ではなく、従業員として、会社を4つ潰してきたという話だった。

大学を出て、モスクワ大学に留学して、帰国後は労働組合を作って会社を4つ潰してきました、と言う。

日教組みたいなものである。すごいのがいるものだ。

「あんたねえ、自分で会社をやってみなさい。あんたなら非常にいい会社を作れるでしょう。これから先はあんたの会社を作りなさい。もし作るというなら応援しましょう」と言ってやった。

その後、人づてに話を聞いたところによると、その人は自分で会社を始めたらしい。

これは商売を始めてからの話だが、私の取引先で取引中に倒産した所はひとつもない。もらい損《そこ》ないも1件もない。

どういうことかというと、倒産する人とはつき合わない、つまり心だということだ。

私が取引を止めて、手形を全部もらってしまってから倒産した所はある。

「もう、あんたんところとは取引したくないからやめます」と言う。やはりその仕事っぷりに倒産の兆候があるわけだが、これは警察の勘なのである。

それから、新規の取引の話があると、夜中にその会社の前を通ってみる。会社や工場の前を車でずーっと通ってみて、ああ、この会社やばいなと思った時は、絶対取引しない。そう思わせる、空気のようななにかがある。

一番明確だったのは、ホテルニューオータニの創業者の御曹司の紹介で、新潟のさる上場企業の社長を紹介してもらった時の話である。

「あんた面白い人だね。うちへいっぺん来なさいよ」と言われたので、

「行きますわ」と答えて、日曜日に行ってみた。

「きょうは日曜日で誰も来ていないので、ホテルの部屋を取っておくから泊まって、明日見てくれ」と言われたが、

「いや、従業員がいないので今日来たんだ」と答えた。

それじゃあとその社長が運転してくれて、一通り見せてもらった。社員の平均年齢は、24、25歳で、若い力が支えている会社のはずだった。

しかし、ある部屋を見て、私が、

「社長、ここの部屋はなんですか」と訊くと、

「ここは開発の部屋だ」と言う。

「あんたの会社、2年後にはかなり下火になりますね」とその社長に言ったら、

「どうして」とおっしゃるから、

「ここの部屋は死んでる。開発が死んでる会社は先がない」と答えた。

「いったい、何があったんですか」と訊いたら、

「不景気なので経費を半分に削った」とのことだった。

「そらいかんわ。不景気の時は開発を倍にせにゃいかん」と言ったら、じゃあ元に戻すわと、その社長は素直に開発費を戻した。勘のいい社長だった。

どういうところが駄目だったかというと、その部屋に従業員の意識が残っていないのである。休みの日に意識が残っていない会社には先がない。ちょっと前を通っただけで、この会社、左前《ひだりまえ》だなということが分かるのである。


それから、駄目な会社の工場の前を通ってみると、工場が泣いているのである。

これも有名な一部上場メーカーの三重の工場の話だが、

「あそこを紹介するからいっぺん行こう」と誘われて、門の前まで行ったのだが、駄目だとわかった。

「この会社は中に入っても駄目だから、もう帰りましょう」と言うと、「せっかく来て、ちゃんとアポ取ってあるのに、ここで帰らないでくれよ。行ってくれ」と言われてしまった。仕方なく入ってお話をしたが、もうこっちもその気がないし、話にならなかった。その後、3年目でその会社はつぶれたらしい。

結局、その経営者だったり、その会社のトップが考えていることが門まで出てしまうということなのだ。工場が泣いているのがわかるのだ。

警察時代の勘というのは、商売でもこんなふうに役に立った。

生意気なことを言うようだが、そんなことをこの頃考える。御神仏とよく言うけれど、神や仏の存在については、分からない。何にも分からない。私は思ったことを言うだけである。

けれど何かの裏で、どっかから指図があるんじゃないかな、とは思う。それは神さまだかご先祖さまだか、何だかよく分からないけれど、何らかの知らせがくることで、私に教えてくれてるんじゃないかなあ、と思う。

何回かの臨死体験の結果、普通じゃないなにかが入ってきたのかもしれない。

また、ある時は有名会社の副社長に連れられて、通産省の次官に会いに行った。

次官は、

「よー」と入ってきて、

「用事は？」と言う。

副社長が、

「金だ」と答えた。

「○○局長を呼べ」と、担当局長を呼んでくれ、「資金のことで相談があるそうだから聞いてやってくれ」と言ってもらえた。

「片手（5億）ほしい」とこちらが言うと、

「そんな額はとても無理だ。1200万円が最高額だ」と言われた。

「そんなはした金ならいらない」と断った。

「社会の実情はどうだ」という話になり、雑談をして帰った。

5億も借りたいというのに、なんの資料も持たず、軽い気持ちで行ったものだ。

ただ、今になって言えるのは、「国の金はもらうな、借りるな」ということだ。

「報告書を出せ。それはやるな。こっちでやれ」などの縛りがきつくて自由がきかない。

それから、この間も警官時代の同僚が、「高木は何やってるか、いっぺん、見に行こうか」と言って見に来た。2人とも署長を経験して、今日もゴルフだ、なんてやっている。

「いっぺん、来い。一杯やるかい」と言われていたのだが、「忙しくて、行っとれんから、おまえ、来い」と答えているうちに、「それじゃ、見に来るか」となって、やってきた。

私のことを「利《とし》さ」と呼ぶのだが、

「利さ、俺、安心したわ」と言うので、

「なんでだ」と訊くと、

「警察辞めて、何やってるかと思ってた」と言う。警察官を辞めて、商売をやったやつは、ほとんど失敗しているからだ。

「だけど、これだけの従業員を抱えてこれだけでやってるって、本当におまえ、ありがたいな。俺、安心したわ」と2人に言われた。

「実はな、こんな仕事、どこでもやってない。これがあるので、今、やっていられる。商売っていうのはな、買っていただけるものを、造らせてもらうことだ」と言ってやった。

警察官をやっていた人は、たいてい、商売に失敗しているが、警察の延長線上でやったら、うまくいくわけがないのだ。公務員でも同じことで、一般の企業と公務員では、商売をやった時に全然、畑が違う。政治家でも同じだ。憲法を読んでみれば、公務員は全体の奉仕者であって、一部の奉仕者ではないと書いてある。それなのに、威張っている人がとても多い。

警察官だった時、私は、

「あんたらのおかげで、生活させてもらって、ありがとうございます」と言え、と周りに言っていた。

取り調べに呼び出した人にも、丁重に頭を下げた。

犯人じゃない人はすぐに分かったが、それでも調書を取らなくてはならないので、いやいやながらなのには理解を示しつつ付き合ってもらった。

泥棒をしたのが明らかな人に対しても、

「泥棒さんがいるから飯が食えている」という気持ちで頭を下げた。

権力は持っているが、泥棒が1人もいなかったら、刑事はいらないのだ。

不思議とこんな風に感じさせてもらえるというのは、今までの、子どもの頃からの家庭環境、先生の教え、アドバイス、警察の時の経験が全て生きているからだと思う。これに対する感謝があり、すべてに繋がってくるわけだ。

要するに、貢献なのである。これからお得意さんを通じて、どうしたら国のため、世界のためになるかということなのだ。

もう私は去っていく人間だが、時間がある限り、今の私にできることをやり、できるだけ何か貢献していきたい。

それについてはケイ素も含まれていて、ソマチットの時代に対してもどういうふうなアドバイスをするか、ということもある。

いざ困った時、例えば災害になった時に、水害があって田んぼがみんな流れてしまったとする。

「何もない、その時にどうしたらいいか?」を考えると、一番大事なのは食糧だ。その時に種がなくても、残った稲があったら、稲を土に挿せば芽が出てくる。それが、ケイ素なのである。種のいらない農業にはケイ素を使うのだ。

そこの土壌にケイ素を施しておけば、稲を挿せば増えていく。これまでの農薬ではなく、ケイ素の活用なのだ。

今のところ、トマトとナス、ジャガイモ、稲ができることがわかっている。

稲は藁からでも芽を出せる。節から芽が出てくるので、早く採れてしまう。60日あればすぐ収穫できてしまうのだ。そうすると、困ったことにスズメがみんな食べてしまう。みんな一斉に実ればいいのだが、早いから目立ってしまうのだ。ちょっと実りかけると、スズメが寄ってたかって食べてしまう。

それから、トマトは秋に寒くなると枯れてしまうが、枯れる寸前に芽をひとつ挿しておけば、だんだん大きくなって枝が出てくる。それを育てておけば、春に苗が必要ないわけだ。家の植木鉢に、ナスもトマトも去年のさし芽があるが、もうすぐ実がなる。

そして秋に、その芽が出た茎を挿し木しておく。そうすると枝が出てきて、根が出て大きくなる。これでジャガイモも、ナスもトマトも全部種がいらない。

大きなのを植えておくと、本当に大型のジャガイモができる。そして、その大きなジャガイモの周りにまたちっちゃいのができる。大きなジャガイモはいくつもに切って、また植える。

これは奇跡のリンゴの木村秋則さんから教えてもらったことだ。

そういえば、木村秋則さんもＵＦＯに乗ったらしい。乗っていた宇宙人に何で動いているのかと訊いたら、ケイと答えたと言う。

「ケイは『K（カリ）』だね」と言うので、何語で喋ったのか尋ねたら日本語だったと言われた。日本語でケイならケイ素でしょう、となって、

「ケイ素が燃えるかねえ」と訊くものだから、

「燃えるんじゃない」と答えた。

関英男先生がUFOがこれで動いていると見せてくれたのは水晶だったが、要するに水晶が宇宙からのエネルギーを取り込んでくるのだ。

そしてケイ素にその要素が入っている。

ダイヤモンドにも入っている。ダイヤモンドは炭素である。

炭素とケイ素。

そのダイヤモンドを作る素は何かと言うと、普通は炭素と高圧、というイメージだが、実はおがくずなのである。おがくずがダイヤモンドになる。

ダイナマイトを使っておがくずを高温、高圧でばーんと打つと、一瞬でダイヤができるとのことである。そういう作り方が編み出されて、ダイヤモンドが安くなってきたのだ。

おがくずとは意外だが、世界中、今はおがくずで作っているのだ。

住友の鉱山は、石炭のくずから作るそうだ。爆発させるとできるわけだ。だからだい

ぶ安くなって、価格が１００分の１とかになった。

だがこれはダイヤモンドなので、絶対何を持ってきても溶けないから、吸い込んだらいけない。危ないので取扱注意である。

現在

技術開発の楽しみ

53で脳梗塞、63で癌をやった。

脳梗塞では3日入院したが、仕事が待ってるからこんな所に長いこといられないと、特別に退院させてもらって帰ってきた。

「毎日、この注射を行きつけの所に行って必ず打つように」と釘をさされたが、退院してすぐに仕事に戻った。

今の私は、好きにやろうと決めて、今は掃除夫をやっている。掃除夫兼、開発担当だ。開発の資料は全部残しており、いざとなったら後の者がやれるようにはしているつもりだ。こんなことを現役がやっていたら会社は潰れてしまうから、引退は良い決断だった。できるだけ金を使わないで、自分でできるものを作っている。小遣いの範囲ぐらいのものしか作らない。

そんなわけで、できるだけ全部手作りで、格好は悪くても性能が分かればいいと考えて、いろんなものを作って試している。商品にするつもりもない。

金のかからない、誰でもできることを、と思って、今度は農業方面で、種のいらない、肥料のいらない農業、医療では癌を薬を飲まないで治す方法を考えている。

キノコだけではない。一種の水だけで癌が治るのだ。いろいろやってみて、いいものはどんどん入るのだが、発表するわけにはいかないことも多い。

今はもう、家業のメッキができない。というのは、私しかできないからなのだ。難しいのである。

工場を行ったり来たりする力がもうない。今は電動カートが便利だそうだが、あれに乗っていては仕事にならない。

「これが最後だ、これが最後だ」と言っていて、講演会の主催が仕事の最後だなと思っている。

これまでもずっと、仕事だ、奉仕だと思って、続けてきた。

後続には、

「今自分のやれることをやってくれ。それでなきゃ会社がもたん」

「本業が疎かになるような道楽には、絶対に手を出すな。資料を残して分かるようにしておくから、あとはやれ」と言っている。

メッキについては、今後どうなるか考えた。タングステンメッキ、それからダイヤモンドメッキ、超硬質タングステンコバルト。それら全部のメッキができるようになっており、いつでもそれらに変えられるよう、準備してある。

時代がそうなってきたら、そうしたメッキも投入していくのだ。必要だったら、「はいできますよ、これでいかがですか」と出せるように、絶えず用意しておかなければいけない。しかし、始めるには早すぎても駄目なのである。

開発に力を入れていない会社は先がない。

前に言ったように、開発が沈んでいる会社は2年先がない。

会社と言うのは、すぐに提供できる技術をたえず用意しておかなくてはいけないのだ。

今研究しているのは、まず電気のいらない充電器。その次は、電気のいらないモーター。その先にあるのは反重力。だから、反重力の入り口になる技術ということだ。

関英男先生がおっしゃるように、反重力の元は何かと言ったらケイ素であり、水晶だ。

だからリンゴの木村秋則さんがおっしゃるのも水晶、ケイ素だ。石油とか炭素の時代はもう終わって、これからはケイ素の時代だ。ヨーロッパでも、石油は何年か先には禁止になるとの話もある。

ケイ素の粉をコトコト煮焚いて、その水を飲んだら癌やあらゆる病気が治るということを、山根一眞さんの講演の時に来たお客さんが教えてくれた。

光がなくても、電気がとれる。人間は電気で成っているので、電気が改善されれば体治しにもなるのだ。太陽もいらない、夜でもできる波動発電も研究中だ。量子波、電磁波など、どのような波長かを調べて、さまざまなことに役立てるのが目的である。

無電源充電で、必要な時に必要なだけ電気が採れる。

電池もレアメタルもいらない、波動で動く自動車ができたら、どれほどよいだろう。

事故を起こす可能性もなく、乗っていれば病気まで治ってしまうという夢の乗り物。

考えるだけでもワクワクするではないか。

それに必要なものは、超電導だ。これを教えてくださったのは、先に講演頂いた橘高啓先生である。

人がやらないことをやりつつ、トヨタのような最先端にどうついていけるかに、企業の生き残りがかかっているように思われる。

常に情報収集のためのアンテナを立て、開発を怠っては駄目だ。

ただ、人がやらないことをやる、ということを前提に開発をしているうちに、ある時、テストしているところを見られて真似をされてしまい、うちへの発注がまったくこなくなってしまったこともあった。取り付け治具も用意したのに、技術を盗られたらおしまいなのだ。

自社開発の技術は流出させないことが肝要である。

従業員の引き抜きもあった。倍の給与という好条件だったそうだが、技術をもっていかれたうちは、大打撃である。

30年ぐらい前の話だが、京都薬大のH先生という人が、厚生省に頼まれて癌の薬を開発して持って行った。そうしたら、

「こんなのができたら医者も病院も潰れてしまう」と医師会のほうからクレームが来て、薬大の先生をクビになってしまったという。

それじゃあと、土壌改良材にしてみたところ、イチゴ、ニンジン、ホウレンソウ、み

んな出来がよくて味が良い。それで、料理屋が市場からダイレクトで買うようになり、農協の流通にも乗らず、倍の値段がつくようにもなってしまったとか。

結果、農協からクレームがついて、その先生はついに家族が崩壊、会社は倒産してしまったという話も聞いた。

この石について教えてもらったので、なら私も買ってやろうと思って、粉を100キログぐらい注文した。

そうしたところ、

「実はもう会社を辞めようと思う。よかったらどれだけでもありますよ」と言う。100キロ3万円で、運賃は100キロでも10キロでも1トンでも同じだったので、多めに注文した。

石を全部ひいたのだが、分かる人が来たらうちの工場は雰囲気が全然違うと気付く。なぜかと言うと、ここには原石をまいてあるのだ。リッチな使い方である。

よかったらやってみなさいと勧めて、石を煮焚いて、その水でアガリクスを飲むとほとんどの人が治る。アガリクスも石も、ゲルマニウムが入っている。

癌にもあらゆる病気にもゲルマニウムがいい。これはもう宝石である。鉱石のパワーであらゆる病気が治るということなのだ。

医療にもいいし、ホウレンソウやニンジンを育てても、桁違いにいいものができるわけだ。農業にも医療にも、エネルギーにもいいとは、全く石はすごい。この石の上にマンゴー、パパイヤを植えたら、見たこともない大きな実をつけた。

突き詰めていくと、中に入っているのは全部ソマチットなのである。万能キラー細胞なのだ。ゲルマニウムにはソマチットがたくさんいる感じだ。

ソマチットの入った砂を1キロ2万円で買ったら、ひょんなことで知り合った、千葉県の宮野ピーナッツという会社の社長が、分けてくれることになった。20キロ800円という安価で分けてもらえた。その社長は、いつもピーナツを送ってくれる。ソマチットの石を使うと、作物の出来がすこぶるいいのだ。

ただし石には癖があるので、複数の種類の石を一緒に使用する場合、相性の悪い石同士だとパワーがゼロになってしまう。それを見つけ出すために、組み合わせを考えるのが大変だ。それが、研究である。

いろんな人から教えてもらったことをやってみると、いろんなものができてくる。

私はそうして技術開発を楽しんでいる。

野草からのヒント

若いころだったら飛んで行って自分の目で確かめたであろうが、歩くのが体力的につらくなったことから、たまたま営業の途中お立ち寄りいただいた照沼社長さんに、汚染土壌と言われているところに生えている野草についてお尋ねした

「福島の原発事故から何年もたち、テレビで見る限り現地の桜や桃の花も奇麗に咲いて草も生い茂っているが、植物は大丈夫そうですね」

と私が言うと、

「私ども農家は風評被害で大変ですよ」と言われた。

そこで、「汚染土壌の近くの草を少し送ってもらえませんか」とお願いして、汚染土壌集積地の100メートル以内の野草と、500メートルほど離れた場所の野草を送っていただいた。

目視で外観を見たところでは、どちらも変形や異常は認められなかった。

汚染度についてフーチテストを行ったところ、100メートル以内のものは大きく反

時計回り（NO＝悪い）を、500メートル離れたところのものは大きく時計回り（YES＝良い）をした。

しかし、どちらも外見に異常はなく花も実もつけており，耐性ができているのではなかろうか。

耐性ができているとすれば、植物の中に耐性酵素というようなものができているかもしれないので、その耐性酵素を培養すれば、植物も育ち環境も改善できるのではないかと思う。

というのは、かつて「植物は自分の意志で移動できないので自分にいる場所を改善していく酵素を作り出す力があるから、野菜はできるだけ地産地消をし、自分の住む場所近くの野菜を食べるといいし、それを培養してジュースを飲めば体にも良い」と聞いたことがある。

やはり植物には、土壌も空気も改善したり、適応したりする力があるのではなかろうか。

ちなみに電位を計測してみたところ、

100メートル以内1．69ボルト

500メートル1．66ボルト

であった。（2017年10月5日）

しばらく培養してみないとわからないが、草が何かを教えてくれるかもしれない。

かつて知花敏彦先生が講演し、河合勝先生がまとめられた本を読み、河合先生の近著「微生物はすべてを蘇生する」（ヒカルランド）という本に触れ、地球創成期に、過酷な条件の地球に命を育んだ微生物ソマチットについて知ったが、これを保有する植物が、ことによったら東日本を蘇生してくれるのではなかろうか。

そんなことを考えて、先日河合先生をお招きしてお話を伺ったところであり、照沼社長に送っていただいたこの草に、教えてもらいたいと思っているところである。

いつも思うのだが、自然に尋ねれば自然が教えてくれるような気がしてならない。なんとなれば、地球創成期という物理も化学も、まして生物もいない時代から、現在のように人間が住める状態になっているではないか。

そんな気持ちで草（自然）に尋ねれば、自分の住んでいる近くの草でも教えてくれるのではあるまいか。

金をかけずに、みんながどこでも安心して住める環境を整えることができるのではあるまいか。

約1週間たち、反時計回りのフーチも時計回りに大きく回るようになり、改善したと思っている。電位も0．1ボルトほど上がったようである。たまたま見えた方が計って

くれたら、0．23マイクロシーベルトであった
　ところまで書いてふと思い出した。3年ほど前に講演をしていただいた橘高啓先生が、「戦時中、原子力研究所の地下壕の上にあった芋畑のサツマイモが、お化けのような大きさだった。食べたら非常においしかった。自然放射能は害がないが、人工の物は有害だ」とおっしゃっていた。

　このパワーを周波数変換すれば有効電力になり、大発電所になるのではないか。

　これを変換するのがケイ素であり、関英雄先生が、

「UFOのエネルギーはこれだよ」

とおっしゃった意味が理解できる。

　草が教えてくれた、500メートル離れれば問題なくなるということ。1キロほど離れた海中に津波除けの防波堤を作ればその防波堤が発電所になる。

　これは夢物語かもしれないが厄介者の汚染土壌が資源になる。

　ちょっと考えてみてはいかがであろうか。

　保江先生に相談してみたい。

教え

父の教え

営業回りは、ご近所には最初に一度、ごあいさつに行け、二度は行くな。

売ってはいけない、買っていただけ。

貸し売は絶対するな、買っていただけない時は子供に1個あげてこい。

学業が第一であることを忘れるな。

① 人生すべて努力、努力、努力！
努力すれば不可能はない。

始めからできんと思えば、できるものもできなくなる。最後の1分まで努力して、時間オーバーになった時、初めてできなかったということになるのだ。それだけ努力すれば、皆様が認めてくれる。

できないということは、やらないということであって、それは皆様に見限られる第一歩だ。

②世の中に不可能はない
どんなに難しいことにも、必ず解決策があるはずだ。

思い込まずに尋ねよ。

尋ねれば、必ず誰かが教えてくれる。教えてくれる人を探せば必ず誰か教えてくれる。

ひたすらお願いし、教えを乞うことだ。どんなに偉い人でも、知っていることは世の中のほんの一部に過ぎない。本当に利口な人は、自分は何も知らないと人に教えを乞う人だ。

「知恵のある馬鹿に親父は困り果て」、ということもある。自分が知恵があると思う者ほど困ったものはない。

③手形は切るな、手形は割るな。
どんなに困っても手形は切るな。期日に追われて仕事ができなくなる。

手形を割って使ってしまい不渡りになったら、会社が存続できなくなる。

④借金は借りられる最高額を借りよ。
そしてその4分の1で計画を立てよ。結果、計画の倍くらいが必要になることが多い。

残った半分はすぐに貯金せよ。そうすれば無理なく、いつでもその半分は余力となる。

母の教え

人に読んでいただける文章を書け。

人の前で聞いていただけるように話せ。

大谷教授の教訓

大谷教授に娘の結婚に際し教えて頂いた教訓。

「人生にはいくつもの岐路がある。その時、良い方を選ぶか、悪い方を選ぶかで将来大きな差になって現れる。良い方を選ばせてもらえる度に徳を減らす。徳というものは貯金と同じで選択の度に使っていくから、どんどん貯金してゆかなければならない。徳ある限り、良い選択をさせてもらえる。正しい選択とは、たいていの場合、最も困難、難儀な方であって、楽な方を選んだらだいたいは失敗に繋がる。良い方、即ち困難な方ばかりを選べば成功に繋がり、楽な方を選べば人生破綻に繋がる。徳を積むことは修行であり、奉仕である」

大谷先生は大手の鉄鋼メーカーの御曹司で、３年間仏門で修行を積まれた方である。

草柳大蔵先生の教訓
「こだわりを捨てよ」

或る剣豪が立合をした時、

「お主《ヌシ》、なかなかやるな、このまま修行をしたら3年で免許皆伝だな」

「一心不乱に修行します」

「それだと、10年かかるな」

「では寝食を忘れて修行したら」

「一生無理だな」と言ったそうだ。

ハッと気がついた。

こだわりを捨て、自然体で修行をしようと悟った。

(この教訓で私の人生が変った)

日本経済の強さは、簿価会計にあった。時価会計にしたら、日本経済の衰退は目に見えている。

船井幸雄先生の教え
世の中でおこることは、全て、必要、必然、最善である。

どんな逆境に逢っても、ああこれが、必要、必然、最善であると感謝して進めば、必ず好転する。

これまでも、この教えを信じてずいぶんと助けられ、ピンチもあったが結果、最善であったと思えることがたくさんあった。ありがたい教訓である。

再勉強したいと訪ねた名古屋大学沖教授の教え

（どんな分析をしても正しい結果が得られるのに、良い製品ができなくて、大学で勉強し直したいと思って大学へ行った折の教授の教え）

「人間の分析などというものはねえ、全能の神からすれば、神様の手の平の上で踊っているようなものだよ。

金属でも、バージンのものと再生金属を分析して、すべての点で同じでも、使ってみると全然違う。人間の分析なぞというものはねえ、どんなに正確と思っても、新品にはかなわない」

6年生の孫のアドバイス

「おじいさん、僕等をあまりあてにせん方がいいよ。家へ帰るといい子でなければいかんし、学校ではいい子でいたらいじめられる。だから適当に悪坊主でおらんとね」

それから10年以上経ち、現在はいじめ、自殺、暴力教師等の報道がされている。

昔を肯定するわけではないが、現代のように家でも学校でも叱られたことのない子供が成長して、厳しい世界を乗り越えられる大人に成長できるのだろうか。ちょっと注意されると出勤しなくなるような、そんな者が安易に外国と共して行けるのだろうか。

美濃部空将の経営者の心得について

儲けることより損をしないことが大切という私の話に、

「負けないということは勝つことだ」

遠縁の元偵察機パイロットである氏の言葉。

偵察機の一瞬の判断ミスで艦隊の勝敗が決まる。

数千米上空の雲間から一瞬に相手の艦艇、速度、方向を判断する。

これは素質、努力が肝要。素質のある者を集め、反復訓練以外にない、と。

マレー沖海戦に参戦し、後、自衛隊を経て、退職後大手会社の技能養成にあたり、技能オリンピックに金メダルを輩出する指導者になった方である。

日浦《ひうら》氏の経営者の心得について

工程管理、コスト管理は作業の分解から。

大手鉄工メーカーの専務、工場長であられる日浦氏を知人に紹介されてお目にかかった折、

「経営者は作業を細分化し、チェック、見直しをして判断する。その判断が企業の将来を左右する」と言われた。

あとがき

「偶然」とか「たまたま」とは奇跡の同意語だとか。

私の人生、奇跡の連続であった。本当に奇跡以外の何ものでもない。

家族はもとより、私を支えてくださった大勢の方々のご支援やご指導のおかげであり、更にご迷惑をおかけして、その奇跡をつなぐことができた。

若いころ、手相を見る人や、占い師から一様にいただいたご宣託は、「あなたは晩年はいいようだが、若いうちはいろいろあって、金には苦労するね」というものだった。

どうしてわかるのだろうか。私の人生、借金に追い回される、身の程知らずの無茶苦茶人生であった。

もしあの時、あの方に出逢わなかったら。もしあの方が、と思い出すたび、感謝とお詫びの気持ちを感じるこの頃である。

これからの残りの人生、報恩とお礼を込めて、私のできることで役立つものを残せたら、と思う。

今までご指導頂きました方々、友人に対し、またわかりにくい大量の文をうまくまとめて頂き、ご苦労をかけた明窓出版の麻生社長様はじめ、皆様に心から感謝申し上げます。

本当にありがとうございます。

プロフィール

高木 利誌（たかぎ としじ）

1932年（昭和7年）、愛知県豊田市生まれ。旧制中学1年生の8月に終戦を迎え、制度変更により高校編入。高校1年生の8月、製パン工場を開業。高校生活と製パン業を併業する。理科系進学を希望するも恩師のアドバイスで文系の中央大学法学部進学。卒業後、岐阜県警奉職。35歳にて退職。1969年（昭和44年）、高木特殊工業株式会社設立開業。53歳のとき脳梗塞、63歳でがんを発病。これを機に、経営を息子に任せ、民間療法によりがん治癒。85歳の現在に至る。

おかげさま
奇蹟《きせき》の巡《めぐ》り逢《あ》い

高木利誌《たかぎとしじ》

明窓出版

平成二九年十二月十日初刷発行
発行者 —— 麻生　真澄
発行所 —— 明窓出版株式会社
〒一六四―〇〇一二
東京都中野区本町六―二七―一三
電話　（〇三）三三八〇―八三〇三
ＦＡＸ（〇三）三三八〇―六四二四
振替　〇〇一六〇―一―一九二七六六
印刷所 —— 中央精版印刷株式会社
落丁・乱丁はお取り替えいたします。
定価はカバーに表示してあります。

ISBN978-4-89634-383-0